中华魂

ZHONGHUA HUN

百部爱国故事丛书

文学巨匠 京味大师

——人民作家老舍

张甲子 编著

吉林人民出版社

图书在版编目（CIP）数据

文学巨匠 京味大师：人民作家老舍 / 张甲子编著.
-- 长春：吉林人民出版社，2011.3（2025.4 重印）
（中华魂·百部爱国故事丛书）
ISBN 978-7-206-07549-0

Ⅰ．①文… Ⅱ．①张… Ⅲ．①故事—中国—当代
Ⅳ．① I247.8

中国版本图书馆 CIP 数据核字 (2011) 第 032618 号

文学巨匠　京味大师
——人民作家老舍

WENXUE JUJIANG　JING WEI DASHI
　　——RENMIN ZUOJIA LAO SHE

编　　著：张甲子

责任编辑：王　磊　　　　封面设计：孙浩瀚

制　　作：吉林人民出版社图文设计印务中心

吉林人民出版社出版 发行（长春市人民大街7548号　邮政编码：130022）

印　　刷：北京一鑫印务有限责任公司

开　　本：787mm×1092mm　　1/16

印　　张：8　　　　字　数：64千字

标准书号：ISBN 978-7-206-07549-0

版　　次：2011年3月第1版　　印　次：2025年4月第3次印刷

定　　价：35.00 元

总　序

　　《中华魂》是一套故事丛书。它汇集了我国自鸦片战争以来一百八十余年间的近百位民族英雄、仁人志士、革命领袖、先进模范人物的生动感人事迹，表现了他们作为中华儿女的伟大的爱国主义精神。

　　爱国主义是人们对于"生于斯、长于斯、衣食于斯"的祖国的一种神圣感情，是人们对于自己民族的一种强烈的责任感和使命感，是感召和激励整个中华民族的一面永不褪色的旗帜。在一百多年的中国近现代史上，爱国主义一直激励着中华儿女为祖国的独立、统一、进步和繁荣而英勇奋斗。从"苟利国家生死以，岂因祸福避趋之"的林则徐，到"我自横刀向天笑，去留肝胆两昆仑"的谭嗣同;从"铁肩担道义,妙手著文章"的李大钊,到"青春换得江山壮,碧血染将天地红"的赵一曼;从"县委书记的好榜样"的焦裕禄,到"问鼎长天,扬我国威"的邓稼先……都表现出了强烈的爱国主义精神。正是由于热爱祖国的人们前仆后继地奋斗,国家和民族才得以生存,才能够在一次次历史危急关头转危为安,走向兴盛和富强,从而屹立于世界民族之林。爱国主义是鼓舞中华儿女历经忧患、跨越沧桑、百折不挠、自强不息的伟大力量,它贯穿于中华民族的整个历史,并有力地凝聚着五洲四海的中国人。

爱国主义是一个历史的范畴,在社会发展的不同阶段、不同时期有不同的具体内容。革命时期,需要我们为祖国的独立自主出生入死;建设时期,需要我们为祖国的繁荣富强增砖添瓦。在全国各族人民团结一心,开启全面建设社会主义现代化国家新征程的今天，我们要争做一名新时期的爱国者。新时期的爱国者要有强烈的民族自尊心、自豪感。民族自尊心、自豪感是任何时期、任何爱国者都必须具备的情感。民族自尊心能增强我们自立向上的恒心，民族自豪感能树立我们建设祖国的信心。要树立"祖国高于一切"的崇高信念，为了祖国和人民的利益不惜抛却个人的利益，甚至不惜牺牲个人的生命。我们要树立终身学习的理念，拓宽自己的知识面，广泛吸收新知识、新技术，完善自身的知识结构，更新学习知识的方法与理念，从思想上、知识上充分武装自己，为祖国的繁荣昌盛贡献力量。

　　爱国主义思想的继承和发扬，是关系到民族盛衰、国家兴亡的根本问题。爱国主义思想情操的形成，需要不断地培养。培养爱国主义精神的一个重要途径是向英雄人物和典范事迹学习和致敬。这套丛书的出版,对于青少年向英雄和先进人物学习,特别是对于在中小学生中进行爱国主义教育是不可多得的生动的教材。祝愿此书出版发行成功,为培养时代新人做出贡献。

胡维革

中华魂

魂

百部爱国故事丛书

编　委　会

策　　划：　胡维革　　吴铁光

　　　　　　林　巍　　冯子龙

主　　编：　胡维革　　邢万生

副主编：　贾淑文　　杨九屹

编　　委：　（按姓氏笔画为序）

　　　　　　于二辉　　刘士琳

　　　　　　刘文辉　　孙建军

　　　　　　李艳萍　　吴兰萍

　　　　　　谷艳秋　　隋　军

昔　年

我昔生忧患，愁长记忆新。

童年习冻饿，壮岁饱酸辛。

滚滚横流水，茫茫末世人；

倘无共产党，荒野鬼为邻！

今　日

晚年逢盛世，日夕百无忧。

儿女竞劳动，工农共戚休。

诗吟新事物，笔扫旧风流。

莫笑行扶杖，昂昂争上游。

——老　舍

目　录

中华魂 百部爱国故事丛书
ZHONGHUA HUN

胡同春秋　坎坷童年

一城北平，半城胡同。"小羊圈"胡同是众多胡同中并不起眼的一个。它本叫"小杨家胡同"，只是因为它不像其他胡同那样直直的，而是巷口瘦窄，又弯弯曲曲，幽深漫长，绕过后却有一个由几户人家房子围

小杨家胡同遗址

八国联军侵略时期北京旧貌

成的一个圈形建筑，如同葫芦的大肚子。因为这奇特的形状，人们便给它改了名字，称呼为"小羊圈"，其实说的就是胡同中那几户平民人家"无风三尺土，有雨一街泥"的困窘状况。

比这个颇有意思的胡同名字，更容易让人记起的，是在文坛上享誉"京味作家"盛名的老舍。1899 年 2 月 3 日，老舍就出生在这普通的胡同里，一个普通的贫穷人家中。

老舍的父母亲都是旗人。父亲属正红旗，母亲属正白旗。但与那些真正的皇亲贵胄相比，在那个已经开始动荡不安的年代，这也不过是一个空头名号，起不到什么作用。即使他的父亲可以凭借着旗人身份，能有一份当时称之为"巴亚剌"的保卫皇城的护军工作，每天起早贪黑，也只不过能领到可怜的三两银子月俸，里面每每还掺杂着两块假的。维持基本的生计非常艰难，有的时候甚至连温饱问题都解决不了。

在老舍之前，老舍的母亲已经生育了八个孩子，但活下来的只有老舍的大姐、二姐、三姐和小哥。当

老北京胡同

老北京街角

时大姐、二姐都已经出嫁，三姐十一二岁，小哥八九岁。此外家中还有一位姑母，她中年守寡后，无儿无女，带着名下的几份产业与老舍家人一起生活。其实按习俗来讲，老舍是"小老儿"，母亲四十一岁生下他，本应该是捧在手里的心肝宝贝，但却因为这家人的贫苦无着，四下无依，让老舍生下来就受到"不公平"的待遇。

老舍生辰的那一天，正值农历中的小年。虽然城中很多人家都在欢欢喜喜的准备，送灶王爷上天，买糖瓜和关东糖，放鞭炮，点烟火，一片喧闹的气象，但老舍家还是一样的冷清。老舍的父亲当日不知在何处值夜，不能归家，北平又有"男不拜月，女不祭灶"的习俗，留在家里除了小哥外都是女性，小哥又不堪重任，于是连祭灶王爷的人选都没有。姑母见什么事都做不了，干脆出门找人打牌去了。

到了傍晚时分，母亲在自家的炕头上生下了老

老北京街头的"拉洋片"

舍。北平的腊月，滴水成冰，老舍家里也是天寒地冻，加上母亲身体虚弱，勉强分娩后，失血过多，直接昏死过去。在一旁陪着的三姐吓坏了，飞快地跑出去，找了正在外面打麻将的姑母回来。姑母本是一个没有生育经验的人，看到形势如此不对，一时间也没了主意，只得叫三姐把已出阁的大姐、二姐赶紧叫回来。

待到大姐听得消息飞速赶回娘家，躺在床上的老舍已经连哭带冻的没了七分生气，大姐果断地解开身上的棉袄，把老舍幼小的身体包在自己怀里，用身体温暖几乎冻僵了的弟弟，才救回一条小生命。这时姑母方才回神过来，说："这小子大难不死，还值这个时辰，看来来历不小呢。说不定是灶王爷身边的小童儿贪吃贪玩，没来得及上天，就留在这里了呢。"小年的第二天，又恰逢二十四节气中的立春，于是老舍便直接得了个天赐的好名字——庆春。

老舍的母亲在半夜醒来之后，可以说是疲惫不堪、虚弱至极。虽然得了个小儿子，却也没有极度的欣喜。她更加发愁这已经入不敷出的生活状况，又多了一张嘴；又发愁过一日亲友们得到了消息都来贺喜，家里拿什么招待呢？丈夫这个月的俸禄还没得，又不好意思向姑母求援，大姐、二姐都是别人家的人了，更是

老北京

什么都拿不出来。这样一个在其他人家看起来都不是问题的问题，却让母亲足足犯愁了一夜。后来，还是在二舅家的表哥的帮助下，总算是应付过去了这一场"喜事"。

而老舍直到下生后的第三天，在"洗三"的仪式上，也才第一次见到了父亲。值得书写上一笔的是，那天父亲恰好不早不晚的进门，将打了老舍三下头的那根大葱扔到房上，据说这样让儿子变得聪明了，这也是老舍长大后听家里人讲的最多的他和父亲的故事。

就是这样简单的只要求有双亲的生活，也在老舍一岁半的时候被打破了。那一年，八国联军轰隆隆的炮火震撼了这座古老的帝都，老舍的父亲在皇城御敌，城门被攻破后燃起大火，老舍的父亲被火海吞没了。

他虽勉强爬到近处的一家粮店，最终还是伤重而亡。当时局面混乱至极，停火后老舍的家人都没能寻找到他的尸首。老舍父亲留下的，除了一房更加无依无靠的母子几人，就是一张曾能证明他可以出入皇城的腰牌，上面烫着"面黄无须"四个大字。

老舍家的日子就此更加艰难起来。战火纷飞中，有钱的人纷纷逃难，穷苦的人水断粮绝。老舍幼年绝大多的记忆便是饥饿。家人每天只能吃到两顿饭，每餐只有一样菜——冬天是白菜、萝卜，夏天则是茄子、扁豆，至于肉，是想都不敢想的。节日中也仅仅是包几个白菜饺子，或者下一碗打卤面吃而已。甚至到后来，连这些都不能达到了，菜变成盐拌小葱、腌白菜帮子再放点辣椒油，再把一点菜叶子和粗粮掺在酸豆汁汤里熬成稀糊糊，以此勉强填得半饱。

除了饥饿，老舍困苦的记忆中，还有附近那些形形色色的人。他家的邻居三教九流，卖艺的、当伙计的、做小买卖的、出苦力的，甚至是糊棚的、吹乐的，每一家的日子都过得叮当三响，家家赊欠几乎成为了一种制度。因为大多数人都不识字，有了赊欠就只能在家门上画白道道，五个道一组，形状很像鸡爪子。当时，绝对没有哪一家门上没有这种痕迹的，也就谁都不会笑话谁。这还不算最坏的，更糟的是一旦遇到刮风下雪的天气，整个胡同的人都会提心吊胆，漏雨雪都是常事，怕的是摇摇欲坠的破房子一旦承受不住外力，塌墙倒壁，恐怕就是性命之忧。

如果说能给老舍坎坷童年添加一点亮色，那只能是老舍的母亲了。母亲独自抚养三个孩子长大，期间辛苦可想而知。在老舍的记忆中，母亲白天给人家洗衣服，晚上和三姐在灯下缝缝补补，一年到头日子的节奏都不会变一下。但她从不抱怨生活，而是终日劳

老北京艺人

老北京街头

作来解决一切困难。即使在老舍不能理解，不停地向母亲提出生活的质问的时候，她会通过言语和行动，让自己的儿女相信，依靠劳动换来的生活，才会最踏实，只要手脚不闲着，就不会走到绝路，而且会走得"噔噔"的响。

母亲是一个热爱生活的人，不管生活有多忙碌，也没有让它变成一团糟。她会在闲暇之余把房间收拾得清清爽爽，窗明几净；甚至在院中种上几许花草，就是那简单的几盆石榴、几支夹竹桃，在夏天开出许多花，给生活平添了几分快乐的气息。就是这样的一位母亲，依靠着最下层的工作，拉扯了三位儿女成人，女儿找到了人家，儿子娶得了媳妇，又帮着小老儿念上私塾，成为家中唯一一个有文化的人。

老舍曾说："生命是母亲给我的。我之所以能长大成人，是母亲的血汗灌养的，我之所以能成为一个不十分坏的人，是母亲感化的。我的性格、习惯，是母亲传给我的。"正是这样一位平凡的母亲，把她身上的坚韧的性格、不屈的自尊、勤俭整洁、醇厚助人、聪慧、热情等品质传给老舍，熏陶了老舍许多良好的情操，为老舍日后成为人民作家奠定了坚实的基础。

读书求学　初入社会

老舍能够上学读书，可以说是机缘巧合。从他的家况来说，老舍的一家都是满军旗里的兵丁，属于典型的满族武士之家，并没有读书入仕的路途。虽然他的父亲也认识几个字，但并没有接受过完整的教育，顶多是看一些《三侠五义》《五虎平西》的小人书等。待到父亲去世，家里更没有了能在文化上给老舍任何启蒙的人。

老舍长大后，他的母亲也曾一度想让他去学堂，但也只能是想想罢了。一来家里没有任何经济能力，二来老舍身体羸弱，母亲很怕他受到欺负，也就不提

這田裏的稻是農人種的

民国小学语文课本

上学的事情。如此直到九岁，老舍还是个目不识丁的孩子。如果时光就这样流过，再过几年，老舍就会和他的小哥一样、和北平城里大多贫苦家庭的孩子一样，早早挑起生活的重担，或是去店里当学徒、或是成为报童卖报、或是做一些小买卖，借以糊口。

很多能够改变生命轨迹的事件，都是一种偶然。有一天，老舍家里来了一位客人刘大叔，他本是京城富户，家中资财颇丰，生性乐善好施，办冬赈、开粥厂，大把大把地将钱财散给穷苦百姓，由此得了一个"刘善人"的名号。

在幼小的老舍印象中，刘善人并不是一个熟稔的人。他只记得他有一副好嗓子，在哪里说话都声音洪亮。这一次自然也不例外。一天上午，刘善人来到老舍家，见到老舍后，便直接问："孩子几岁了？上学了没有？"没有客套的毫不掩饰。在幼小的老舍感觉，家中的小屋、破桌椅、土炕，几乎要受不住他声音的震动。刘善人既没听母亲细细道来家中的苦衷，也没有征求老舍的意见，便决定："明天早上我来，带他上学。学费、书籍，大姐你都不必管！"就这样，老舍看似很遥远的读书梦想，在不经意间实现了。

第二天一大早，刘善人如约而至，还带来了老舍上学必须的纸笔、书本等物，大概是看老舍确实没什么像样的衣服，刘善人还送给老舍母亲一丈多蓝布，用来给老舍做一身衣裳。按理来说，老舍应该非常感谢刘善人，小小年纪，也不该有更多的想法，但不知为什么，老舍却突然产生了一种很自卑的心理，"我正像一条不体面的小狗似的"，跟随这位阔人去上学。

老舍塑像

刘善人介绍老舍入学的学校是新街口正觉寺胡同内的一家改良私塾。学校的校长刘厚之先生是刘善人的学弟，平日多有交情。这学校设在道士庙里，旁边还有一家熬制糖块的作坊，这直接导致了上课的环境除了黑之外，再添一层空气污浊，更令人难以忍受。但这毕竟是能带给老舍知识的一方天地，之后的两年里，他和三十多位同窗学童，在这里接受了写字、作文等老式启蒙。

两年后，老舍又仰仗着刘善人的资助，转入京师公立第二两等小学堂的初小三年级，后因学校合并，又转入西直门内南草厂胡同里的第十三小学校。这期间，老舍接受的是比较正规的小学教育，当时因为科举制度已经废除，学校课程中出现了许多贴近现代，可以"经世致用"的门类，如算术、绘画等。老舍对这些通通不感兴趣，因而成绩平平。但他却在国文课上开始渐渐崭露头角。他能背诵大量的古文诗词，正黄旗词人纳兰性德的《饮水词》和正白旗包衣曹雪芹的《红楼梦》等满族作家的作品都是他深深喜爱的。文学上与生俱来的天分，使得他脱颖而出，成为同学中的佼佼者。

但就在这几年前后，老舍的家里又出现了一些新的变故。哥哥姐姐都到了婚嫁的年龄，家里为了给小

民国小学语文课本

哥娶媳妇，把祖传的坟地都典让了出去；紧接着三姐出阁，母亲少了一条帮助持家的臂膀；姑母又去世，丧仪的钱也是东拼西凑出来的。有一段时间，家里贫苦到没有饭吃，老舍几乎每天都要饿着肚子挨过下午的课。这时候的老舍已经有了很强的自尊心，他心里想的最重要的事情，就是如何为母亲分忧。

靠着这样的意念，老舍以优秀的成绩从小学毕业，顺利考入祖家街市立第三初中。这所学校的条件非常不错，上课的地方在一个宽敞的四合院。院子里方砖铺地，一棵百年老槐树绿荫如伞，覆盖着明亮的教室。但老舍就读于此，花销也远比读小学时多得多。不到半年，老舍已经交不起学费了。为了能继续读书，他只好瞒着母亲，悄悄考入北京师范学校。其实在旗人眼中，这家学堂并没有多少可取之处，老舍看中它，完全因为它实行学膳全部公费的待遇，可以解决他的生活中的燃眉之急。

师范学校五年的光阴，带给老舍的，不仅是他渴望的知识，还有他走上社会的能力和勇气。他在这里遇到了文学上的领路人——方唯一先生和宗子威先生。方先生是这所学校的校长，他在众多的学生中，发现了老舍的光芒，开始对他关爱有加；宗先生是国文老师，他因材施教，悉心指导老舍研习古文和旧体诗，

文学巨匠 京味大师

——人民作家老舍

让他用心领会文字中的意蕴。这看似简单的一切，正是为老舍在未来的道路上，点亮了一盏明灯。

在他们的指导下，老舍开始尝试着创作。每有了比较满意的作品，便交给《北京师范校友会杂志》发表。这些作品，初步表现了老舍的志向，也展示了同龄人难以达到的文学素养和能力。如他毕业前所写的《感赋四律》之四：

惭愧庭花五度红，诗书依旧马牛风。

江山离乱唯余恨，肝胆轮囷本耐求。

雨洗荒碑疑拓墨，日斜孤塔挂残红。

独骑款段都门去，回首长亭十里中。

从师范毕业后，老舍凭借着本届学生中排第五名的成绩，被市教育局任命为京师公立第十七高等小学兼国民学校校长。这一年，他才十九岁。贫家子弟当上小学校长，对于老舍自己，无疑是最大的一种鼓励。他虽然不知道接下来怎么走，也不知道等待他的将是什么，但他知道，前面的路很长，需要他更多的努力。

毋庸置疑的是，老舍把他所有的热情、朝气、心思都投入他这第一份工作中了。他爱自己的学生，一心为他们着想，以超乎常人的心浇灌着这一片小花园。没多久，老舍便获取了学生、家长、教工的普遍好评。人民都说这所不起眼的小学校摊上了一位难得的好校长。老舍开始在北平的教育界有了小小的名气。

有的时候，机遇是作弄人的。老舍的办学业绩为他在京师赢得了一席之地，也同时带给了他许多烦恼。他又被京师学务局任命为京师郊外北区劝学所的劝学员。这是一个"肥缺"，每个月的薪水是原来的三四倍，收入上真是叫外人羡慕得不得了。但老舍并没有因为外界而改变，他依然是我行我素的风格，雷厉风行地投入本职工作，却不曾想会遭遇从未有过的挫折。当时的京师学务局，是一个官僚气息严重的衙门，同事们关心的不是工作，而是钱财、利益、好处。老舍的介入，打破了他们以往的"平静"，让他们非常地不舒服。没过多久，冷嘲热讽便纷纷传到老舍的耳边来了。

老舍感到泄气、窝火，直至愤懑。他想把事情做好，没想到却成为众人的眼中钉、肉中刺。在这样的环境和压力下，他开始变得了有些"世故"，正如他自己所说："事实上已经如此，除了酸笑还有什么办法解决呢？"老舍渐渐沾染上了一些陋习，吸烟、打牌、看戏，以此消磨时间。不久后，他本就不佳身体先吃不

他人对老舍的印象（一）

……一个小秃儿，天生洒脱，豪放、有劲，把力量蕴藏在里面而不轻易表现出来。被老师打断了藤教鞭，疼得眼泪在眼睛里乱转也不肯掉下一滴泪珠或讨半句饶。

——罗常培

他给我的印象，面目有些严肃，也有些苦闷，又有些世故；偶然冷然地冲出一句两句笑话时，不仅仅大家轰然，他自己也"嘻嘻"的笑，这又是小孩样的天真呵。

——台静农

他常常一边写，一边苦思苦想。桌上摊开纸笔，床上或凳上摊一副三十二张的骨牌。写不出，就放下笔，拿起骨牌"淘井"，或"过关斩将"，但又不安心，推开骨牌又去写。

——吴组缃

老舍先生是热爱朋友的，在他，没有朋友即似乎不能生活。他常说，抗战以来私人方面，最大的快乐是会见了许多熟朋友，认识了许多新朋友。无论他到什么地方去，最主要的目的是看朋友。日常写作休息外，其余的时间大抵用在朋友上面，如果是在集会或几个友人一起谈天时，他一定用各种方法娱乐朋友，务使朋友们不感到寂寞不感到沉闷。

——梅林

老舍先生从不称自己是"作家"，他好称自己是"写家"，我理解这是他的谦虚，意思是他只是写东西，而他的作品不一定如何了不起。但我们看，他的作品有些将是永垂不朽的。他的作品中的"幽默"是今天中国任何作家所没有的。

——曹禺

消了。

老舍大病了一场，借此来到北平西郊卧佛寺静养。住在万籁俱寂的禅房中，老舍那颗曾被尘世俗务折磨的心，渐渐得到了安谧。他开始反思，自己为何会走到这条道路上？他想到："打算要不去胡闹，必定要有些正经事做，轻闲而报酬优厚的事情，只能毁了自己。"原因找到了，老舍心里轻松了许多，身体也很快恢复健康。

回到劝学所后，老舍先是在西直门大街京师儿童图书馆工作了一段时间，却还是因为周围的人难以容下他那种不卑不亢、不吹不拍的"穷酸劲儿"，老舍也再不愿忍受那龌龊的嘴脸和乌烟瘴气的官场，于是愤然辞职。他应邀来到天津南开中学，做了一名普通的中学教员。虽然在经济上蒙受了诸多损失，但老舍是非常开心的，因为在这里，他重新找到了自己的感觉，恢复了自己的自信。

留学英伦　登上文坛

1923年寒假，老舍回到了北京，在教育界前辈顾孟余的民间团体教育会任文书。在这里，老舍认识了许多新的朋友，英国人、燕京大学教授易文思是其中的一个。不曾预想的是，这为老舍的人生提供了一个重要的学习机会。借助着易文思的帮助，老舍先是利用闲暇时间到燕京大学补习英语，后来因易文思受伦敦大学东方学院委托，寻找合适的北平官话外教人选，因为老舍是北平人，"官话"也讲得不错，所以易文思便选中了老舍。

起初，老舍因担心家中老母亲无人照顾，还有很多顾虑，但想到一来可以借此机会游走欧洲各国，看看这个世界；二来有更多的收入，可以转变现在经济不良的状况，加上老母亲丝毫没有不愿和阻拦。老舍几经挣扎后，还是答应了下来。

老舍做出的这个决定，可以称得上是他青年生涯

伦敦老舍故居

《老张的哲学》书影

《方珍珠》书影

中最重要的一步。他在那个更陌生的地方，用读书写作填满了自己全部的时间，继续了自己的学业，找到了自己的兴趣，并爱上它、结交它，至此一生未变。

老舍一共在伦敦呆了五个年头。在这五年中，他当然不完全是一个人生活，他也认得了很多新朋友，包括伦敦东方学院的同事、学生，第一个同租房客——中国作家许地山，还有后来住在一起的英国教师等。但老舍作为一个异国人孤身在外，不免是孤寂的，这种感觉，从老舍踏上英国的土地，就已经开始了。虽然他日后在自己的文字中，将这些生活经历写得颇有情趣，但老舍真实的感受是，他从语言到习惯，费了很大的工夫和时间，才适应过来。

1924年9月24日，老舍坐客轮到达伦敦。路上几十天的行程，已经让他颇为疲惫不堪，没想到刚下船，英国的海关官员就给了他一个不大不小的"下马威"。老舍的英文确实说的不好，按他自己的话说，是"说的不像英语、不像德语，仔细听才听得出，原来是华英官话。就是很艺术的把几个英国字匀派在中国字中，如同鸡兔同笼"。其实这样等同于无法交流。在码头，海关官员和老舍互相都听不懂对方说的是什么，幸亏出行前易文思教授教给老舍，无论他们问什么，一切都是"No"，也幸得老舍没带什么违禁不能入境的行

文学巨匠 京味大师
——人民作家老舍

伦敦大学

李，这才勉强过了关。但海关官员没弄清楚他要在英国工作五年，只给了老舍一个一月期限的签证，后来还是伦敦东方学院出面，费了好大力气交涉，宴请了英国内政部的官员吃饭，才解决掉这个问题。

这还只是个序曲。老舍到了学校后，才发现英国教育和他想象中的并不相同。东方学院是伦敦大学诸多学院中的一个，主要教授东方国家语言，分为印度、阿拉伯、日本、中国等系。中文系主任是大名鼎鼎的庄士敦博士，他曾做过光绪帝的老师。但东方学院并不正规，学制异常开放，学生上学不经过考试，也没有其他限制，只要交学费，谁都可以上学。学生有白发苍苍的老人，也有十几岁的孩子，每个人都有每个人的学习要求，因此也无法分班，课程都是针对性地单独开设的。这让老舍感到十分新奇。

但这种情况让老舍一下子难以适应。按照合同，老舍一周要上二十节课，既没有固定的教材，也没有固定的时间，基本上是对学生有求必应，学生要在什么时间学什么，老舍就找到一个教室教什么。甚至有的课程不得不去勉强应对，否则在院长那里不好交差。根据东方学院的档案记载，老舍当时教过官话、口语、翻译、写作、中国古文、中国历史、道家文化、佛教文化等，简直是五花八门。不过，老舍对这种制度并

伦敦大学

文学巨匠 京味大师
——人民作家老舍

不排斥，他倒是觉得这样能以学生为本、因材施教、有教无类的推广教育，正是中国教育应该汲取的经验。

除了工作，老舍在伦敦的生活也值得书写一笔。当时老舍在东方学院所领取的薪酬并不高，前两年只有区区的二百五十英镑，相当于英国一个普通学生的生活费，第三年后增加为三百英镑，但因为老舍要赡养老母亲，钱寄回国一部分后，也就所剩无几了。

老舍一直是和别人租住一间房子，这样既可以节省费用，二来也不至于太过寂寞，有个说话聊天的伴儿。老舍的第一位同租客是同样来自中国的作家许地山，当时许地山因学校还没有开学，故此滞留在伦敦，利用闲暇时间进行创作。他是个性格随和、爱说笑话、知道什么说什么，毫无保留的人。老舍和他在一起的日子，过的很是开心。而且，许地山当时就在写小说，这对后来老舍一开始创作就从小说写起，不能说是没有影响的。

老舍的第二位同租客是一名英国的退伍军官埃杰顿。他当时是牛津大学补习学校的教员，也是一个很有才华的人。不过他的生活太过"浪漫"，他的父亲是牧师，他自己却不信宗教，年轻的时候和一个女子私奔到伦敦，生养了四个小孩，后来参加第一次世界大战，退役后拿到一笔可观的遣散费回家和妻子儿女团聚，本应就此过上安宁的生活，却又鬼使神差地爱上另一个美国女子，闹到和妻子离婚、被单位辞退，日子过得相当狼狈。但他确实是一个很好的人，老舍和他及他的新妻子一直相处得非常融洽。即使到了后来，因为各种外界原因他们不再居住在一起，彼此之间的往来也非常亲密。"埃杰顿只要手里有够看电影的钱，便会立刻打电话请我去看电影。即使一个礼拜，他的手中彻底空空如也，他也会约我到家里吃一顿饭。自然，他不像普通的英国人，他好请好友，也很坦然接受朋友的约请和馈赠。"多年以后，老舍和埃杰顿也珍惜着他们的友谊。

之后老舍还曾换过两次住处，但都没有和埃杰顿在一起理想，日子过得也渐渐消沉起来。还好东方学院的图书馆中有很多的书可供阅读，排遣了老舍的许多孤独。其实，这种感觉一直是伴随着老舍左右的，他无时无刻不怀念故乡的一草一木，想念母亲的一举一动，浓郁的乡愁在这远离故土的清闲中被酝酿得愈加醇厚，如同英国的浓雾，既无法排解也无法消散。

多年后，老舍自己回忆道："二十七岁出国。为学英文，所以念小说，可是还没想起来写作。到异乡的新鲜劲儿渐渐消失，半年后开始感觉寂寞，也就常常

想家。从十四岁就不住在家里，此处所谓想家，实在是想在国内所知道的一切。那些事既都是过去的，想起来便像一些图画，大概那色彩不甚浓厚的根本就想不起来了。这些图画常在心中来往，每每在读小说的时候使我忘了读的是什么，而呆呆地忆及自己的过去。小说中是些图画，记忆中也是些图画，为什么不可以把自己的图画用文字画下来呢？我想拿笔了。"就这样，老舍拿起了自己手中的笔。在伦敦创作了三部长篇小说《老张的哲学》《赵子曰》《二马》。

《老张的哲学》是老舍第一篇完整意义上的作品，虽然在此前，老舍也写过一些文章，但老舍一直坚持认为这是他的第一部作品。这可能与《老张的哲学》不久就被当时国内很有名气的《小说月报》刊载有关，正是旧友许地山的鼓励和总编辑郑振铎的慧眼识珠，老舍的处女作非常顺利地推出了。这给了老舍无尽的信心，让他在创作这条路上坚持走了下去。《赵子曰》就是老舍这种心态下的产物，从起笔到杀青，和《老张的哲学》一样，只用短短的一年光阴，还是交给郑振铎在《小说月报》上发表。

两年时间完成两部长篇小说，即使对老作家来说，也是个不错的成绩，对于初登文坛的老舍，算得上是成绩骄人。但在此后，老舍却一度停止了他的创作，

他人对老舍的印象（二）

整个抗日战争期间，老舍最大的功绩，是表现在他努力支撑文协上。一般现代文学史上喜欢说，文协的缺点是只讲团结不讲斗争。自然对每件事情，每个问题，每个人都可以有自己的看法。要我看来若说作家之间没有批评斗争，也不全对，批评斗争还是有的，若说还不够的话，自然也可以，可丝毫不应因此而否定文协的功绩。

——田仲济

"穷人的狡猾，也是正义。"这是老舍在前半期创作中的一句话，为穷人伸张正义，这可以代表他写了这些穷哥们儿的生活的用意。

——李长之

舍予是经过了生活底的酸甜苦辣的，深通人情世故的人。但他的"真"不但没有被这些

文学巨匠 京味大师
——人民作家老舍

所湮没，反而显得更凸出，更难能而且可学。

——胡风

老舍是有正义感的一位作家，在当时那样的时代、环境之下，他以作家、教授的身份，洁身自好，有所不为，对国家前途，忧心忡忡。

——臧克家

老舍死去，使我们活着的人惭愧。

——巴金

虽然这其中的原因很多，但主要的是，老舍开始放弃了"写着玩"的想法，他要把创作当作正经事做。在老舍看来，文学创作不是消遣时光，而应该有益于人生，有益于社会。当这个念头形成在老舍头脑中后，老舍的创作水平马上就进入到了另一个层面。

《二马》是老舍这一时期的代表作。从内容上讲，老舍开始尝试着通过东西方文化对比来探讨中国的国民性，从细节中展现出中国人和英国人的不同之处；从结构上讲，《二马》避免了《老张的哲学》的"杂乱无章"与《赵子曰》的"无事搞笑"，而是有着自己清晰的结构脉络；从语言上讲，老舍真正的用自己的实践"把白话的真正香味烧出来"。可以说，《二马》所奠定的老舍自然幽默、挥洒自如的创作风格，画出了老舍作品中最绚丽的色彩。而当《二马》成为老舍第三篇在《小说月报》上发表的小说，也进一步确立了他在文坛上的地位。

执教齐鲁　情系济南

几年的漂泊生涯后，当老舍回到自己的故乡时，他已是一名小有名气的作家了。但这些，其实都比不上老舍重见家人的喜悦。当他回到魂牵梦绕的母亲的

燕京大学旧校门

怀抱，是用任何言语都不能形容的。老舍自己说，"我真爱北平。这个爱字几乎是要说而说不出口的。我爱我的母亲。怎么爱？我说不出。在我想做一件事讨她老人家喜欢的时候，我肚子微微地笑着；在我想到她的健康而不放心的时候，我欲落泪。言语是不能够表现我的心情的，只有独自微笑或落泪才可以把内心揭露到外面一些来。"这便是老舍的真实感受。

　　老舍在北平的这段短暂时光是相当惬意的。虽然因为自己家里住得很挤，老舍只好住在自己的朋友白涤洲家里。但他是非常欣喜的，他们本就是一对挚友，"涤洲和老舍是一对儿"，是大伙儿挂在嘴边的话。老舍不管是在国内还是在国外，事无巨细，凡是能让朋友代劳的，从来都是头一个想到白涤洲，连自己的钱都愿意让他代管。这时的白涤洲，已经是北京师范大学的一名教授，还会一片热心肠地为老舍的大部分事务亲自四下奔波。照老舍评价白涤洲的话说："他是我的主心骨！"

老舍本打算以写作为职业，不再去教书了。可是时下局势一时一变，能吃饱饭到底是需要解决的第一件大事，光靠写小说恐怕难以糊口，还是找到一个比较稳定的工作比较好。老舍听了朋友们的建议，答应了山东济南齐鲁大学聘为教授的邀请。于是，老舍第二次离开了自己的家乡北平。

齐鲁大学原来是"山东基督教共和大学"，是一所

齐鲁大学旧校门（现为山东大学）

由美国教会创办的高等学府，其中也聚集了不少学富五车的学者。但老舍的到来，还是掀起了一些小小的震动。究其原因，在此之前老舍已经成功地发表了四部小说，除以上提及的三部外，还有一部是他在归国的路途及最初停留在上海时所创作的长篇童话《小坡的生日》。这时候的老舍，完全算得上是文学界新秀。有人读过他的小说，仰慕他的名气，想象他是一个如何有气度的老先生。待到见到老舍真人，却发现现实和想象是有着很大的差异的。首先，老舍并不是个老先生，当时有的同学后来回忆说，"他竟然只有三十多岁，身材不高，清瘦，梳分头，带圆片金丝眼镜，两眼异常有神。"其次，老舍并没有凌人的气度，也绝对没有一般留洋归来者那种洋味道，看起来和日常生活中的普通人，丝毫没有两样。

　　老舍在济南的生活，比之之前在北平的那段时间，要忙碌得多得多。他为学生开设了很多课程，包括文学概论、文学批评、小说创作，世界名著研究等，甚至在有人质疑他只不过是个在英国教过中文的人，怎有资格胜任教授一职，老舍在愤愤之下上报了"三礼"研究课题，并讲得非常好，马上让很多人刮目相看。

　　老舍是一个走到哪里都受到学生欢迎的老师。他随和的性格，使得学生们都非常乐于和他相处。他不是个古板的人，即使在课堂上，讲得兴致大起，便会在讲台上踱步，冷不防掺和几个即兴笑话，逗得学生们哈哈大笑。甚至还会在课堂上来一段单口相声或者京剧清唱，活跃课堂气氛。所以，每当有老舍的课的时候，教室里总是挤满学生，连走廊、楼梯都是满满的，很多外院系的学生也跑来听。课下，学生们更是愿意将自己的诗歌、散文、小说等习作拿去请老舍批改，也不管老舍愿不愿意，硬往他的手中塞。不过老舍从不会不耐烦，每一本他都会仔细做好评语，指出优点和不足之处，再一一退还给学生。这一下，更是给老舍本就十分繁忙的工作增加了负担。

但是，在时间如此紧迫的日子中，老舍并没有忘记自己的写作事业。实际上，济南四年是老舍创作的第一个高峰期。他完成了四部长篇小说：《大明湖》《猫城记》《离婚》《牛天赐传》，一部短篇小说集《赶集》，一部诗文集《老舍幽默诗文集》，可谓是黄金时刻中的爆发。《大明湖》写成后，本已交付《小说月报》刊发，却不幸因为日本军入侵上海，炸掉了出版社大楼，书稿完全被焚毁。之后老舍也没有心思再重写这部作品。就此，《大明湖》成为老舍生前唯一全部完成却又不能面世的长篇小说。除这篇之外，《猫城记》是一部寓言体讽刺小说，艺术成就不是很高；《离

《月牙集》书影

《骆驼祥子》书影

婚》和《牛天赐传》则又回归到了北平城文化，老舍用他一贯的平民口吻，返归幽默，将几百尺的故都景象在心中开映。

老舍的创作过程并不似众人想象中那样顺利。他只能在寒暑假里集中时间创作，夏天的酷暑、冬日的严寒，都让老舍吃透了苦头。几番心血浇灌出这几部小说后，老舍真的再难忍受这种两头兼顾、两头分心，只有寒暑、没有假期的生活节奏，再加上对齐鲁大学的工作环境不满，他再度萌生了辞去教职，而专心从事创作的决心。

也许是那个特定的时代，老舍的愿望并不容易实现。他需要养家糊口，眼前的现实问题又一次折断了老舍尝试新生活的翅膀。几经周折后，老舍又回到了他原来的生活轨道：一边教书、一边写作。不过这次，他离开了济南，离开了齐鲁大学，而是到了青岛，到了山东大学。

山东大学的生活和齐鲁大学的生活相比，并没有本质上的区别。老舍还是那个受学生欢迎的老师。他花很多时间查找资料来准备课程，认真讲好每一节课，鼓励学生进行创作，尽可能为他们提供一切的机会。因为老舍在英国待过几年，英文底子很好，有时候还客串其他工作，义务为学生补习英文等。除此之外，

《骆驼祥子》书影

老舍还积极参加青岛的社会活动。1935年，他与王统照、洪深、吴伯萧、臧克家等知名文人在《青岛日报》建立了一个文化副刊《避暑录话》，每周一期，邀请住在青岛及来过青岛旅游的文人为其写稿，使得当时由当局制造的文化沉闷空气一扫而光，青岛也似乎一夜之间成为当时除了上海、北平以外的又一个文化城市。

如果日子一直这样过下去，其实也是很不错的。可是老舍心底那一份创作的梦，一直在他脑中萦绕。偏偏这个时候山东大学闹学潮，老舍对校方压制学生的作为非常不满，同时他在齐鲁大学时的那位校长居然调任到山东大学来了。这简直是让老舍忍无可忍。他一气之下，辞去了工作，真正成了"坐家"，每天在家里无比勤奋地创作，当起了职业作家。而这十三个月的时光，老舍为我们奉献了他最伟大的作品——《骆驼祥子》。

《骆驼祥子》书影

《小坡的生日》

其实，老舍从英伦回国，第一站地是新加坡。

抵达新加坡后，老舍没费多少力气，便在一所华侨学校找到了一份教书的工作。他本来想尽快地攒一些钱，早些回国。没想到却不适应气候，几天后就生出了"瘴疠之气"，只好卧床静养。

百无聊赖中，他又开始拿起了笔。在每日饭后，他忍着蚊蚋，熬着热，开始一点一滴写下了一个不是童话、又像童话的故事。这就是《小坡的生日》。用他自己的话说：我"既舍不得小孩的天真，又舍不得我心中那点不属于儿童世界的思想。我愿与小孩们一同玩耍，又忘不了我是大人"。

四个月后，这本小说基本成型，老舍也有了基本的盘缠。他再也等不及了。趁着放了年假，便直接辞了工作。急匆匆地买了一张回国

的船票，当天就跳上一艘往中国去的轮船，他
要回家了。

《小坡的生日》书影

多年后，老舍回忆自己的创作生涯时说："《骆驼祥子》是我做职业作家的第一炮。这一炮要是放响了，我可以放心地写下去，每年预计着可以写出两部长篇小说来。不幸这一炮若是不过火，我便只好再去教书，也许因为扫兴而完全放弃了写作。"显然，老舍这一炮是打响了的。《骆驼祥子》通过祥子这个旧社会中的小人物一生的悲惨遭遇，揭发了当时社会的罪恶和对人性的扭曲。那个世界是那样的窘迫、那样的灾难，彷佛每一个平凡人都无时无刻不生活在死亡巨网的笼罩

老舍结婚照

之下。但它又是那么的真实，真实得就在每一个平凡人的身边。老舍用他手中的笔，为我们画出了最现实的老北京市井图、写出了最感人的平民文学。《骆驼祥子》和茅盾的《子夜》、巴金的《家》三足鼎立，共同托起了中国现代小说艺术殿堂的拱顶，成为了永不褪色的经典之作。

平淡生活　安宁幸福

这几年，除去工作上和写作上的烦心事，老舍平淡的家庭生活中溢满了安宁幸福。

在当时，老舍算得上是晚婚的代表。他直到三十三岁才结婚。其中的原因当然有很多，最重要的是老舍在英伦所待的五年，感情生活是一片空白。回国途中又在新加坡、上海等地多次耽搁，几经周折回到北平就已经是三十多岁的"高龄"了。而且，相比于他的老母亲，老舍在自己的终身大事上不慌不忙，一丁点儿都不着急。

但是毕竟到了婚嫁的年龄，这也是不得不考虑的大事。虽然在老舍年轻的时候，老舍的母亲曾经因老舍的自由恋爱而反对并阻止过，但现在儿子已届而立之年，总不能让他打一辈子光棍。很多亲朋也来劝说，虽然都是市井语言，但很多话讲得非常有趣，"老光棍如同老姑娘。独居惯了就慢慢养成绝户脾气——万万要不得的脾气。一个人，他们说，总得活泼泼的，各尽所长，快活地忙一辈子。因不婚而弄得脾气古怪，自己苦恼，大家不痛快，这是何苦？"几轮这样的话下来，老舍就是铁石心肠也得动心了。

在老舍结婚这件事上，出力最多的还是他的那些朋友。他的小学兼初中同学罗常培，成了他的"红娘"。当时，老舍的另一位小学同学胡泽奎有一个正在上师范大学国文系的妹妹胡絜青，罗常培和白涤洲一商量，觉得两家都不错，也算门当户对，都是满族人，而且又熟悉，加之胡絜青是个爱好文学的高材生，绘画写作俱佳，为人亦干练朴实，她和老舍的性情、爱好如此接近，如能结合，定会琴瑟和鸣，白头偕老。

为了让两人终成眷属，罗常培这个大媒人不遗余力，精心安排了两人的第一次见面。胡絜青是北平师范大学"真社"的成员，在很多人的撮合下，终于鼓起勇气去找老舍为他们作报告。当然，这些撮合的人，都和罗常培有些"关系"。这次，老舍和胡絜青两人在无意中，彼此都没有留下太深刻的印象。就连这是别人帮助他们"安排"好的，也是在一段时间后才知晓。

但是这毕竟是两人在婚恋上迈出的重要的一步。如此相识后，罗常培和白涤洲开始轮流请他们两人吃饭，积极地为他们创造机会。一段时间了，当老舍去了济南后，两人便开始通信、谈恋爱了。鸿雁传书中，两人萌生了深深的情愫。

转到第二年的夏天，老舍放暑假回家，胡絜青也大学毕业了。时机成熟，于是家里人就为他们安排了婚礼，让他们结成为了伉俪。这年，老舍三十二岁，胡絜青二十七岁。

婚后，胡絜青随老舍来到济南，在齐鲁大学高中部教书。南新街54号的小院子中，二人世界过得很是甜蜜。他们在院子里种满了花花草草，到处都是清香的味道。工作之余，老舍便在西边的一间厢房中写作，他的很多小说都是在这里完成的。有的时候有朋友客人来访，老舍或者胡絜青会亲自下厨烹饪，招待客人，甚至还定下了他们家的经典拿手好菜——芥末墩。就是这样简单的生活，让这里溢满了平静的幸福。

1933年9月，小院子中的平静被打断了。不过这种打断，是非常愉快的打断。家里添了一个新成员，老舍的大女儿呱呱坠地了。因为孩子生在济南，老舍直接就给她取名为"济"。舒济的到来，让这个家平添了更多的欢声笑语。对于老舍，舒济的到来，更是将

文学巨匠 京味大师

他本性中那幽默的细胞全部激发了出来。这从这一时期老舍的作品中就可以体现出来，对照老舍初到济南写的《大明湖》和《离婚》《牛天赐传》，他新写的短篇小说，超越了语言上的俏皮，而是打心里头的幽默。可以发现，婚后，尤其是舒济出生后，老舍可谓是天天喜上眉梢！

　　他自己便说，有了小孩子，自己的世界都扩大了，使隐藏着的很多东西都露出来，很有哥伦布发现美洲的感觉。在没有小孩的时候，谁还会去想平日散步的大街上，还有专门给小孩子开放的地方。婴儿医院恐怕是每家孩子都要去的，那里面的医生比大医院的医生还神奇，是丝毫得罪不得的；糖果店、蛋糕店，原来几乎不去，现在也成了常客，因为小孩子会吵着要吃要喝；百货店还卖那么小号码的衣服、袜子和鞋子，原来都是专门给小孩子的，绝对是非它不行，没什么能替代的；至于那些小瓶、小罐、小碗、尿布、量奶的漏斗、奶瓶的替换奶嘴，千奇百怪的玩意儿，是曾经的老舍想都不曾想过的。甚至是，有了小孩之后，老舍觉得闲谈得人都多了起来。以小孩为中心，谈得颇有味儿。不管是掌柜的先生，还是跑腿儿的伙计，家中有小孩的都是一样，话题也都差不多。聊得开心的，有的铺子竟敢允许赊账，仿佛家中的孩子就是人格的保证，能打包票的。

之后，没过多长时间，老舍家从济南搬到了青岛，最初住在山东大学后身的一座洋式老房子中，后来因四周没有多少人家，不甚方便，就去了邻近海滨的金口二路，离着胡絜青的工作单位更近了些。比之济南略微封闭的小院子，青岛这所临海的房子，风景要优美得多。站在阳台上，透过树林和建筑，就能看到绿海；春天时，能看到片片的樱花开放；夏天是能闻到海棠、丁香扑鼻的香味；秋天时，邻居家的樱桃会成熟；冬天时，即使是下雪，也是轻柔的。

青岛对于老舍的意义，当然不是优美的风景和愈加顺利的创作生涯，是就在这里，胡絜青又给舒济添了个弟弟，舒乙。而舒乙，也是老舍唯一的儿子。比起他的大女儿来，这回老舍的名字起得更直接，信手拈来，使用了代表"第二个"的意思的"乙"字，送了儿子一个奇特的名字。

在济南的时候，舒济还小，尚在襁褓之中，虽然老舍夫妻带着她颇为劳累，但还不至于到了搅乱生活节奏的地步。可当舒乙出生后，就变得不一样了。舒济已经三岁，正是调皮的年龄，舒乙则是个离不开人的奶孩子。老舍和胡絜青都要工作，除了晚上，一般很少有时间同时呆在家里。一个人看着两个孩子，通常是管了这个，把那个忘了；把这个哄好了，那个又开始闹了。家里原来的格局也全都变了，窗台上本是放花盆的地方，这样夏天开了窗，风儿轻轻吹动花叶，才能闻到阵阵清香。可现在呢？那些花盆早都跑到院子里呆着去了，奶瓶奶嘴占据了它们原来的空间。至于悬挂着半个房间的尿布和弄脏的小衣服，更是见怪不怪了。这还算是好的。舒乙出牙的那段时间，老舍觉得是日夜加班，比讲课累得多了，因为舒乙不分日夜的哭闹，谁也没办法消停睡觉。等到他牙出完了，全家人的眼睛都红得如同得了红眼病一般。所以，当老舍照顾了一段时间孩子，就深刻体验出母爱的伟大，不由得生出如此感慨："哪家男人要是打女人，简直是要下地狱的！"

这一儿一女，简直成了老舍家里的一对儿活宝、"活神仙"。每每到下午三四点钟的时候，两个小娃娃开始例行公事似的闹一番，没有理由的什么都不对，去公园看猴、去海边捡贝壳之类的，也统统不生效。有的时候居然无礼到公园的猴子都是臭的、海边的贝壳都是脏的，而且这臭、这脏，也都要由老舍来负责任。当然，老舍难免也会发脾气。这时候，胡絜青也急了跟着一起争吵，一家四口仿佛是世界大战，谁都不让着谁，大人声言离婚，小孩胡搅蛮缠，其热闹至

老舍的兴趣和爱好

养花：老舍对花的态度终身未变。他当了作家之后，无论走到哪里，案头上总是要摆上一瓶花，让花陪着他。

打拳：老舍生活极有规律。起来之后第一件事是打拳。打拳帮助老舍度过了不少大灾小病，给了他一副经得住艰苦岁月煎熬的身子骨。

爱画：老舍并不会画画，但他却非常喜欢画儿，一生颇有收藏。齐白石、傅抱石、黄宾虹、林风眠、李可染、叶浅予的作品他都有。

听戏：老舍是个戏迷，对京剧和昆曲也有很深的理解。像多数北京人一样，他自己还会唱。虽然没有粉墨登场过，但在作家群中，他偶尔放歌高唱一曲，也能震惊四座。

玩骨牌：老舍是个把骨牌当成文雅玩意儿的最典型的人。他有一副骨牌，走到哪儿带到哪儿，形影不离，三十五年如一日。骨牌成了他最好的朋友。老舍玩骨牌永远是在写作的间

T拓展阅读
UOZHAN
YUEDU

隙。写几十个字，放下笔，走到床边，玩骨牌，思想却在写作上；想好了，放下牌，走回桌旁，拿起笔，写下去。握笔的时间和摸牌的时间几乎是一比一。

养猫狗：老舍喜欢狗，也喜欢猫。他有过多次养狗、养猫的经历，感情很深，在文字中也写了很多次。

黄永玉作齐白石画像、老舍题词

为惊人。

两个小儿也影响到了老舍的写作进程。舒济总是挑老舍不在家的时候，在他的文稿上画道道；舒乙专会在老舍写的兴致大起的时候，指东指西地打岔。为了能抽出时间写作，老舍也不由得想出来一些"高招"。有一次，他的一名学生来拜访老师，看见小舒济坐在院子里，拿着一张废旧的稿子，在上面认认真真的画着如同黄豆大小的圈圈。胡絜青在一边解释说，那是老舍给她布置的"作业"，一天写完这一大张，就可以出去玩儿了。其实，老舍也就是以此争取时间。通常的傍晚，老舍都会领着自己的爱女到外面走走。于是，那个时候山东大学旁边的路上，就多了一道风景：一身浅灰色西服、头发梳理得很整齐的老舍，领着一个漂亮的小女孩，在浓密的法国梧桐遮蔽的树下，慢慢地散步。

八方风雨　流亡南疆

八年的抗日战争，改变了很多人的命运。老舍也是其中之一。

卢沟桥事变，拉开了抗日战争的大幕。老舍开始担心呆在北平的老母，却苦于战争形势无法回家看看。

比这个更糟糕，也更让老舍始料未及的是，日本侵略者的铁蹄很快就践踏了华北的大半山河，青岛城中硝烟的气息也越来越浓重。报童们扯着嗓子喊着："号外！号外！"市民们议论纷纷，人心惶惶。老舍这职业作家的"职业"也真的做不得了，因为他毕竟要养家糊口。他给朋友写的信中，透露了这些意思，做作家

柔如番柳坚如竹柳伴桃
苍竹伴梅君到长安春似
海卖花声里燕初来
柔坚同志来京献小诗欢迎
一九六三年四月　老舍

老舍手迹

此路根本行不通了，此后仍当去另找饭碗，文章事小，饿死事大啊。

当时，老舍的许多朋友已经开始行动，大多数人已经乘船南下，还有部分人回到了济南。因为相比之于青岛，当时执政的国民党政府在济南的驻军比青岛强大得多，青岛在八国联军侵华时曾是开放口岸之一，本就有日本势力基础，如果此时日本进攻，根本无法抵抗。或之，日本封锁海口，毁掉胶济铁路，那青岛就会完全成为一个孤岛，再想离开如同登天之难。老舍当时已经心急如焚，一边是异常严峻的形势，这边却是胡絜青尚在第三次孕期中，马上要临盆。老舍是留也不想留，走却走不了。

8月初，当胡絜青在医院生下第二个女儿的时候，再度获女的喜庆都未能给老舍带来丝毫的轻松与愉悦，因为这战事已经一触即发，容不得人有丝毫喘息的机会。老舍本来打算等妻女情况稳定一些后，购置船票去上海暂为躲避。没想到中旬后，老舍在上海的朋友陶亢德打来电报说，上海形势一样危急，不要再来了。无奈之下，老舍只好暂缓了坐船离开青岛的打算。

正当老舍手足无措的时候，原来工作过的齐鲁大学给他发来聘书，请老舍回文学院任教，并且主持文学院的日常工作。事态既已如此紧急，老舍决定自己

文学巨匠 京味大师

——人民作家老舍

先动身去济南，这样至少先有了一份工作，借此有些收入，也能暂缓经济上的困境。老舍在 8 月 13 日到达济南，结果 8 月 14 日便传来 6 名日本人在青岛受到袭击、日本海军陆战队扬言报复、要强行登陆的消息。这一下，本来已经如同惊弓之鸟的人们更是立刻行动，四散逃命。老舍在济南也是坐如针毡，第一时间拍电报请朋友帮忙将尚未出月子的妻子与三个孩子送上火车。

第二天早上，胡絜青拉着两个孩子、怀里抱着一个孩子，终于和老舍团聚。却又恰逢济南当日大雨滂沱，胡絜青产后身体虚弱，很怕受凉，加上连日来担惊受怕、路途劳顿，终于支撑不住，发烧进了医院，连小舒济都未能幸免。这时的老舍恨不能有分身之术，一个在医院照顾住院的妻子和大女儿，一个在家里照顾生活不能自理的舒乙和小女儿。这场大雨一直持续下了十天，导致老舍的生活完全变成了一团糟，留在青岛家里的行李因为耽搁运不到，暂时住的房子是家徒四壁，什么都没有，每天走在满大街的泥水中，简直是一场噩梦。为了纪念这场"助纣为虐"的大雨，老舍给自己新出生的小女儿起名为"雨"。

噩梦到此也没有结束。随着战事吃紧，齐鲁大学日常的课程都不能继续进行，学生们也都纷纷走了，或是随着家人寻找避难的地方，或是随着流亡的大军南下。老舍因顾及家人，既不忍心独行，也不可能带着一家人乱跑。这时的他，已经没有心思再去写作了，烦躁、紧张占据了他的心。可到了11月，日本兵已经兵临济南城下，胡絜青也知道老舍必须走了，悄悄地帮他收拾了行李箱子，在11月15日的晚上，她把老舍送出了家门。虽然老舍当时说的是："去车站看看，有车没有，没有车就马上回来。"可是，待到老舍再和家人团聚的时候，可是几年之后的光景了。

这一夜，老舍独自一人登上了火车，开始了漫长的流亡。三天后，老舍到达了武汉。当时他的心情是非常沮丧的。他在山东这几年的时光，是快乐的。他成了家，有了小孩，立了业，可现在他又一个人从山东离开了，除了随身的行李，什么都没有，和他去山东的时候简直是一个样。如此的思绪万千，使得老舍更加怀念留在济南的亲人，他觉得他如同一个影子，对亲人一点用处都没有，只能把他们交给命运，而自己也是前途未卜。后来，他写的一首七律诗歌，真实地展现了他的心境：

弱儿痴女不解哀，牵衣问父去何来？
话因伤别潜衣泪，血若停流定是灰。

已见乡关沦水火，更堪江海
逐风雷。

徘徊未忍道珍重，暮雁声低
切切催。

老舍在武汉并无亲人可
以投靠，只好住在朋友家里。
先是在白君家，后来是游国
恩家，再后来是冯玉祥将军
通过老舍发表在《大公报》
上的文章，知道他到了武汉，
便邀请老舍来自己的公馆，
老舍思量再三，住到冯玉祥
家里。这里除了他自己之外，
还有当时文艺界的许多知名
人士：老向、蒋锡金、吴组
缃、赵望云、高龙生等人，
他们都有着相通的兴趣和爱
好，在一起也可以为抗日做
出些贡献，出于这个考虑，
老舍答应了冯玉祥的盛情邀
请。

自力更生奋发图强

一九六六年三月瑞雪初晴

老舍

老舍手迹

老舍的这个决定对他的文学创作影响非常大。冯玉祥最先请他写一些通俗作品来宣传抗战，老舍还有些犹豫，因为那时的他对文学创作的理解，还真的只停留在小说的创作上。后来，他看到老向他们编辑的一个小刊物《抗到底》，里面都是一些通俗的文艺，老舍由此思考，在眼下这种亟须尽快动员全国国民投入抗战的紧急关头，继续写小说的社会作用显得过缓了，下层百姓能直接读小说的毕竟不多。老舍本就是一个广泛的汲取过民间文艺素养的人，有了这种想法，他一提笔，便将自己的笔触转向了曲艺，开始用大鼓书的形式创作了一些抗战的通俗诗，如《救国难歌》等。他后来还写了一篇以抗战为题材的长篇小说《蜕》，只是因为当局的政治阻挠，才没有彻底写完。但这也预示了老舍文风的一种转变，他不再刻意地追求完美的艺术之神，而逐渐转入了"文艺应该效力于抗战"的观念。

　　正是在这种观念的影响下，当郭沫若等人开始着手筹备"中华全国文艺界抗敌协会"的时候，老舍非常积极地参与了进来。他担任了文协的总务组长，直到抗战胜利。他尽职尽责地为文协工作，辛苦地维持着它的日常运转。其后又主持创办了一份名叫《抗战文艺》的刊物，办得十分精彩，在那个战火纷飞的年代，销售量都能达到七八千份，不能不说是一个奇迹。

不过当后来国民党迁都到重庆，文协随之迁徙到了重庆后，很多事情都开始变得艰难起来。政治环境的恶化，经济上的紧张，都成了老舍不得不思索的问题。但是不变的，仍是他坚持以文艺抗战的决心。在这期间老舍所创作的作品，也许没有之前几篇小说那么高的艺术水准，但他的创作范畴明显扩大，延伸到了话剧、散文、现代诗等领域，甚至是大鼓书、河南坠子这些被一些文人视为"下九流"的东西。其实，老舍的目的是非常明确的，他要通过自己的笔，来帮助已经千疮百孔的国家，他要还原那"一个活活泼泼、清清醒醒、堂堂正正、和和平平、文文雅雅的中国"。

重荷之下　无限愁绪

文协的工作并不比老舍在山东教书时候清闲，加上不停地写作，老舍在重庆的时候患了头晕症，医生说是因为长期的劳累过度和营养不良引起的。自此后的很长时间，病魔一直如影随形地跟随着他。梁实秋后来回忆说，那时候，老舍"又黑又瘦，甚为憔悴，平常总是佝偻着腰，迈着四方步，说话的声音低沉徐缓，但是有风趣"。

当时老舍的经济条件也是糟糕透顶。文协本不是一个盈利机构，有的时候因为要出版刊物的费用，还要四处"化缘"，以维持文协的正常运转。老舍虽然是总负责人，其实也在这里领不了多少工资，又不会沾染好处，他当时的收入基本上依靠的就是稿费。可是

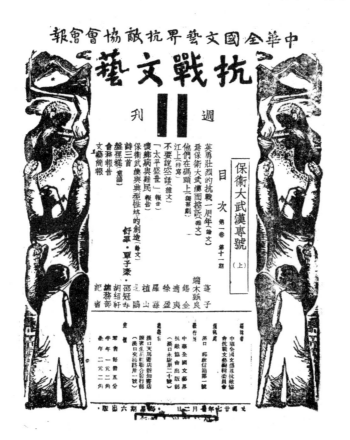

《抗战文艺》

《大公报》

旧的作品的稿费都留在北平，以供胡絜青养家糊口之用，新写的稿件一时稿费又没有那么快到账。而他购买笔墨纸砚和请人誊写文稿副本，就是一笔非常大的开支，入不敷出是常有的事。甚至到了后来，老舍连衣食住行等问题都要考虑了。

那时候重庆物价飞涨，原来一角钱可以买十个很大的烧饼，一个铜板可以买一大把新鲜的桂圆，但很快这些都变成了不可能。老舍所记录的他在重庆的日常生活："每日早上五时即起，作太极拳片刻。七时早餐，以鸡蛋代肉，佐以面疙瘩菜叶汤，草草饱腹。饭后净拭几案，洗砚泡茶；约在八时，开始写作矣。尽十行四五张，在千字左右，停止工作。二年来，贫血病屡发，不敢多劳。午饭后，睡半小时，醒来，读诗答信而矣。晚餐后，缓缓步行千米。"不过他的心境倒是很闲静安适：

茅屋风来夏似秋，日长竹影引清幽。

山前林木层层隐，雨后溪沟处处流。

偶得新诗书细字，每赊村酒润闲秋。

老舍夫妻

梅贻琦老照片

中年喜静非全懒，坐待鹃声午夜收。

当时老舍是一个身体虚弱的人，也只能买些便宜的鸡蛋给自己增加些营养。连猪肝猪脑等都不敢问津，补品就更不可能了。有的时候想吃一些药缓解疼痛，西药贵如金，中药药效缓慢，老舍开始日夜忍受疼痛的折磨。至于其他方面，老舍更是凑合。原本衣着讲究的老舍终年穿着一身说不清什么颜色的中山装，磨得肘部都发了亮，有时候睡觉也穿着，被吴组缃打趣为"斯文扫地的衣服"，但老舍丝毫不在意。

老舍对自己的困难并不十分放在心上，但朋友一旦有了难处，便马上援手相助。他很愿意帮助人，毯子、大衣等东西都送给比自己更困难的人，自己却戒烟、戒酒、戒荤腥来节省开支。偶尔去别人家做客，都知道大家过得艰难，便会从紧张的开支中拿出一部分，买些吃的、用的带过去，说是"好搭讪着骗顿饭吃"。用吴组缃的话来说，其实老舍每次去他家，都买了丰富的肉、菜带过去，"让我们全家趁此机会打一顿牙祭"。即使是手头拮据，他也毫不吝啬，甚至"破产请客"。

直到1941年，老舍才获得了一次机会，让他的身体得以短暂的休息，生活也得以短暂的改善。这一切源于他幼时的好友罗常培来到了重庆。罗常培是和时任清华大学校长梅贻琦先生一起来重庆公干，抽时间来看望老舍。罗常培看到老舍如此的生活境况，心里非常的难受，梅贻琦先生也认为老舍应当出去放松一下，而昆明那明媚的阳光和凉爽的天气，对身心俱疲的老舍，一定有好处。于是，罗常培和梅贻琦向老舍建议，让他去昆明的西南联大讲学，顺便出门透透风、换换气，也正好躲过重庆如蒸笼般的夏天。老舍本因文协的工作非常繁忙，不太愿意离开，而中间又有许多波折。后来确实碍于罗常培的盛意邀请，才在两个月后抵达了昆明。

老舍自己都没想到，他到了昆明，就爱上了这个地方。昆明的天气很柔和，绝对不像重庆那样又潮又

西南联大纪念碑

湿，让人透不过气来。他在这里也获得了难得的游玩机会。除去在西南联大所作的四次讲座之外，他几乎所有的时间都用来游山玩水，或者是会朋友。他在昆明重逢了之前的许多旧友，沈从文、冯友兰、陈梦家、闻一多、萧涤非、徐旭生等，纷纷请老舍到家里做客，叙叙旧，谈谈友谊。可以说，老舍这两个月，是他在战时过的最轻松的一段时间。

如果说老舍的日子还可以因为有朋友，可以苦中作乐的话，那么，胡絜青拉扯着三个孩子待在北平的日子，就是苦不堪言了。回到北平，压在胡絜青肩上的，不仅仅是三个嗷嗷待哺的幼儿，还有老舍的老母亲需要赡养。老舍基本不会邮钱回来，所有的开支都要胡絜青一个人去赚取。她委托关系在自己的母校——北京师范大学附属中学找到了一份教书的工作，日子还是过得举步维艰，都到了要去挖野菜吃的地步。这时的老舍也非常挂念妻子和孩子，他多次写信回北平，敦促她快些想办法去重庆，因为他的身体已经出现了严重的问题，愈发虚弱，生活很难自理了。当胡絜青料理好北京的一切事物后，她不管有多难，也都想到老舍身边来，一个女人的日子，实在是过得太辛苦了。

为了凑足路费，胡絜青只好卖掉自己娘家的房子，带上所有的钱，甚至是带上所有能带的东西，以防到了重庆因为物价飞涨，不能重新购置。没想到，一行人在北平浩浩荡荡地上路，50多天后才到达目的地，行李也丢失了一半。

但是，这些都不能冲抵掉亲人相逢的喜悦。孩子们在五年后才又见到父亲，而且重庆给他们的新鲜感，

文学巨匠　京味大师
——人民作家老舍

现今人死大约不外四种病死

老死作亡国奴而被日本人杀

死和拼命杀日本鬼子而战死

同一死也其价值有天地之分

只有打日本死死是为国死是重

於泰山的死

冯玉祥 二八二

冯玉祥手迹

远比在压抑的北平要好得多。老舍因为妻子和孩子的
到来，身体健康也有所恢复，在听了妻子诉说这么多

年的辛苦后，思乡的情绪更是与日俱增。这个念头很快就照亮了他心中最熟悉的那块创作之地。一天，老舍动情地对胡絜青说："谢谢你，你九死一生地从北平给我带来了一部长篇小说，我从来没写过的大部头。"这一创作的构想，就是《四世同堂》。

可是，当时的老舍没想到的是，他这本书，最后是在大洋彼岸的美国，才最终得以完成的。

大洋彼岸　心系故土

抗战胜利后的半年间，老舍还是和家人一起滞留在了重庆。一来文协有很多事情需要他处理，一时脱

《牛天赐传》书影

不开身；二来他自己也需要稳定一下，不想再四处奔波了。八年的艰苦抗战，老舍身体长期处于营养不良的状况，体质每况愈下，人也变得虚弱得很。直到妻子孩子来到身边后，状况才得以好转。

可是一个新的机会又摆在了老舍的面前。1945年，老舍早期的小说代表作《骆驼祥子》，被翻译成英文在美国出版，一度成为美国最畅销的小说之一。奇怪的是，老舍本人并不知道，直到后来到了美国，才见到翻译的版本，而且还是被修改过的翻译版本。这些都是后话。当时的老舍在美国声名鹊起，美国文化界都认为老舍是中国最优秀的作家，最后由美国国务院出面，作为当时开展的中美文化系列交流项目之一，正式邀请老舍到美国访问、讲学一年，与他同行的还有著名剧作家曹禺。

经过一番准备，老舍在上海登上了美国客轮，踏上了赴美的旅程，再度离别了他相聚不久的亲人。本来限定的日期只有一年，老舍却没料到，后来因为国内战争的原因，老舍足足等到四年后，才回到了祖国。

路上长达半个多月的航程，相当枯燥、无聊，幸亏有曹禺作伴。他们本就是旧友，在重庆多次交往，虽然老舍比曹禺大了十岁左右，是老大哥，但在话剧

國魂蕩神州

軍威壯中華

馮玉祥

冯玉祥手迹

——文学巨匠 京味大师

——人民作家老舍

创作方面，他对曹禺十分敬重。老舍都曾说，他的话剧《茶馆》的成功，也是在很大程度上受益于曹禺的启发。

当老舍到达他在美国停留的第一站西雅图时，他感受到了完全不同的气息。那里的生活节奏太快，快到老舍还没好好看西雅图几眼，他们就赶往芝加哥。在芝加哥作了四天短暂的停留后，又去了华盛顿。在那里，老舍受到了美国国务院和各方人士的热情接待。在这短短的几天，他们简直是沿着美国的西海岸走了一遍，才去了东海岸，而且一路上还在不断地见人，不断地说话。这着实让年过半百的老舍有些受不了，他觉得自己就像"重庆之旧汽车"，被拖着东奔西跑，颇为吃不消。

后来，还是到了宾夕法尼亚州，见到了负责接待他们的乔志高，才稍稍安顿下来。乔志高是一位华裔文学家、翻译家，当时正担任美国刊物《CHINA AT WAR》（《战时中国》）的主编，他煞费苦心，为老舍和曹禺在一家酒店订了两个房间。这是一家高级的住宅旅馆，地理位置也很不错，环境优雅，绿荫夹道，颇有情调。住在这样豪华的地方，确实减轻了一路的奔波之苦。老舍和曹禺也深刻体会到了乔志高的热情和体贴。但乔志高也没想到的是，几天后，老舍和曹禺竟然自己换了地方，去了一个条件并不是很好的饭店。这当然不是老舍和曹禺对乔志高不满意，而是两人囊中羞涩，这样的高消费是负担不起的。

但是总体说来，老舍对于他在美国第一年的生活是满意的。他体验到了不同的生活，也做了很多有意义的事情。首先，他在讲学参观访问期间，出席了各地的很多文化活动，抓紧一切机会宣传中国文化。他最大的心愿就是通过自己的努力在两国之间搭建起一架沟通的桥梁。其次，他协助翻译者翻译了自己的许多著作，借此也进行了更多中英文交流。再次，他还将自己的演讲认真编撰出来，有《中国文学之历史与现状》《中国艺术新道路》等等，他还用英文撰写了学术论文《现代中国小说》。

但这些在老舍的记忆中，都没有他在一个朋友家度过的三个星期美妙。那时老舍已经被各处的演讲、文化交流、文化访问弄得疲惫不堪，什么心情都没有了。他受邀请来到一个叫雅陀的小地方休养，在这里享受了一段久违的平静和安然的日子。在这里，老舍还结识了许多外国朋友，这给老舍在异乡的寂寞内心带来了一份安慰。每天清晨，他来到花园晨练，能看到许多笑脸；一天忙碌的写作工作后，傍晚可以和朋友们打打球、散散步、聊聊天；深夜来临，还有舞会、

酒会，要不也可以伴着夜色下棋。这二十几天的生活，对于老舍，简直就是世外桃源。

一年的时光很快就过去了，曹禺如期地回国，但老舍却因为各种各样的原因，不得不滞留在美国。可曹禺的离去，更加剧了老舍的思乡情绪与孤独感。他几乎无时无刻不想念尚留在重庆的家人。他觉得他非常亏欠孩子们，他并没有尽到做父亲的责任，尤其是在青岛出生的三女儿舒雨、在重庆出生的小女儿舒立，老舍在她们很小、没有记忆的时候，便和她们长期分离，一别就是几年。而当时的社会形势也非常的不好，虽然抗日战争结束了，但国内战争的战火依然蔓延全国，烽火四起的年代，哪里都未必是安全的。这样的

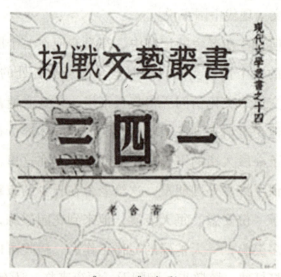

《三四一》书影

情况下，胡絜青和孩子过的日子可想而知。

老舍虽然归心似箭，但他是理智的。既然不能回国，那就在美国多做一些事情。他在纽约租下了一间公寓房，开始了紧张、孤独的写作生活。他给臧克家写信说："外面是十里洋场，我守着斗室，冷冷清清。"当时的情况确实是如此。在这个华灯初上、到处都是灯红酒绿的纽约，老舍简直没有朋友，能够日日夜夜陪伴着他的，只有他的笔、他的纸。后来胡絜青回忆说，老舍在美国的创作数量是很惊人的，也许是他的孤独感，激发了老舍对于祖国、对于故乡北平、对于家人的热

《剑北篇》书影

——人民作家老舍

文学巨匠 京味大师

蛤藻集

民國廿五年十一月初版
民國三十六年三月五版
每冊定價國幣一元九角

《蛤藻集》书影

著作者　　老舍

發行者　　開明書店
　　　　　代表人范洗人

印刷者　　開明書店

爱和思念，他用一种黑色硬皮本子写作，不知道到底写了多少，带回来的手稿摞起来就足有十几公分高。最可惜的是，这些手稿在后来的"文革"中，保存不慎，不知所踪。

老舍首先在美国完成了《四世同堂》的结尾，直到1948年才完全结稿。他又协助他的朋友把《四世同堂》和《离婚》两部小说翻译成英文版本并出版，在美国获得了好评。但老舍并没有满足于此，他马不停蹄地又投入了《鼓书艺人》的创作。这部小说以八年抗战期间流落重庆的一家北平艺人所经历的苦难为线索，描写这一家人如何从被黑暗势力压迫、受尽屈辱

1922年秋，老舍应聘到天津南开中学任国文教员，此为老舍和南开校刊编委会成员的合影。

In the autumn of 1922, Lao She applied for a position of Chinese language teacher at Tianjin Nankai High School. The photo of Lao She together with members of the school's editorial board is shown.

1922年，老舍应聘到天津南开中学任国文教员

《龙须沟》海报

龙 须 沟

的苦海中奋起反抗，到走向革命，走向新生，从而昭示了社会革命的必然结果。

但遗憾的是，这部小说并没有直接在中国出版，而是先翻译成了英文版本从美国出版，老舍带回国的文稿后来遗失，所以我们现在看到的《鼓书艺人》实际上是从英文版本又翻译回来的。文学作品经过两次翻译，就如同一道菜品回过两次锅，味道大相径庭，至于现在看到的和老舍的原稿，到底有多大的艺术差异，也永远是一个谜了。

除了创作，老舍在美国还有一个惊喜，那就是他居然在异国他乡见到了久别的冯玉祥将军。其实冯玉祥是迫于国内的形式，不得已以所谓的"考察"名义来到美国，却有几分避难的意味。听说冯玉祥的到来，他乡遇故知，老舍的心情可想而知。他买了很多东西去拜访冯玉祥，并请他在一家中餐馆吃饭。两人在闲聊中，不由得就触及国内政治的话题，老舍虽然对政治不是非常感兴趣，但他真心地关注着祖国的发展。

时间一天天地过去，国内的形势日渐明朗，上海、北平等大城市陆续解放，中国将迎来新的生命。老舍也终于盼到了回国的日子，笼罩在老舍心头的阴霾里出现了阳光。1949年冬天，老舍先从纽约赶到了旧金山，在那里作短暂停留后，乘坐威尔逊总统号客轮到

老舍故居中的头像

了香港。又经过将近一个月的等待，老舍终于回到了他阔别十年之久的故乡——北平。

新生中国　激情岁月

老舍回到国内，便感受到了不一样的政治气氛。那时的国内战争已经结束，中华人民共和国也成立了，到处都是一片新的气象。走在路上，老舍都能发现，过去那些横行乡里、无恶不作的地痞流氓都不见了；那些飞扬跋扈、和强盗无异的特务警探也都不见了。取而代之的是安静祥和的街道，人们的日子开始走上的正常的轨道。这些在当时都是再正常不过的事情，但对于老舍，他已经在国外呆了四年时光，回来后发现如此大的变化，虽然心里也有一些准备，但确实是吃惊的。

更让老舍没有想到的是，他受到了非常高规格的礼遇。他在抗战时期已经和各政治党派都有所接触，但老舍自己并没有加入任何党派，他一直是一个"中立"人物，出于爱国的大目的，而为抗日献出一份自己的力量。这时候的环境的改变，起初老舍并没有放在心上，新中国的成立，老舍自然是欣喜万分的。而真正引起他内心触动的，是国家领导人对他的帮助和关怀。

　　老舍见到的第一位好友兼国家领导人是周恩来。这是在他到达北京的第二天，而且还是周恩来去了老舍下榻的北京饭店去看望他。新政权刚诞生，周恩来可以称得上是日理万机，忙得不得了，但两人相见畅谈了很长时间。这次会面对老舍的影响很大，周恩来明确地向他传递了一个信息：新的国家、新的政权是非常欢迎老舍的。老舍自此也抛弃掉了很多犹豫和不

老舍和胡絜青

安。

没过几天，1950年的元旦到来了。一方面是为了庆贺新中国的成立，一方面也是为了欢迎老舍等人纷纷从外地归来，全国文联举行了联欢茶话会。很多文艺界的文人们都参加了这次活动，老舍见到了他的很多朋友，如茅盾、田汉、冯乃超、曹禺、叶圣陶、艾青、赵树理等。那个晚上，他们畅所欲言，大家都敞开胸襟，向朋友们倾吐了这么多年来的心思。尤其是老舍的兴奋程度，简直是难以用语言来形容，他自告奋勇，为大家演唱了刚刚创作的太平歌词《过新年》，又唱了一段传统京剧《审李七》。回到朋友中间的喜悦，冲跑了老舍几年来滞留在心头的郁郁寡欢。

那时的老舍，满心都是要为新中国奉献自己的决心。他直言："我是刚入了国门，却感受到家一样的温暖。""如果我还是能工作的话，我愿意参加一切有利于人民的工作。"老舍表白的心声，是素朴的、真实的。几个月后，老舍更是用实际行动证明了他的改变。他先是被任命为北京文学艺术工作者代表大会执行主席，顺之是北京市文联主席、全国文联副主席、中国作家协会副主席、全国人民代表大会代表、中国人民政治协商委员会委员、《北京文艺》主编等。得了这些荣誉，老舍反倒是不安了。他觉得他要抓紧时间做一

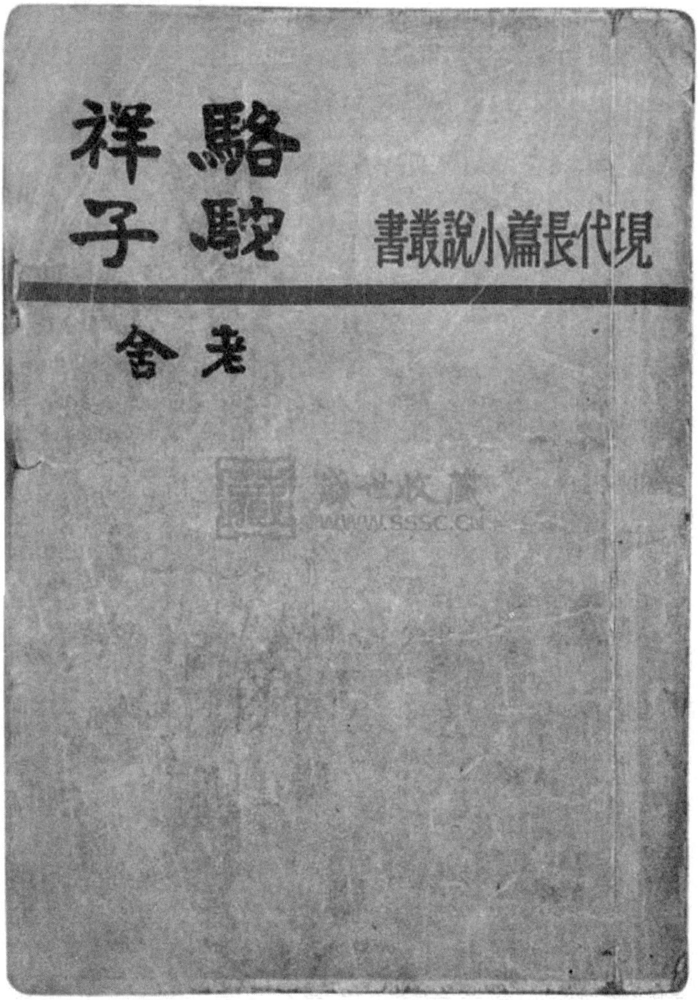

骆驼祥子

祥子

现代长篇小说丛书

老舍

083

文学巨匠 京味大师

——人民作家老舍

老舍故居

些事，把心思放在服务国家上。他更加勤奋地把自己的情感，诉诸笔端。

到了8月，老舍便写成了一部五幕话剧《方珍珠》，以此作为向新中国献礼的作品。这部作品得到了周恩来的高度肯定后，更加坚定了老舍的信心。他迫不及待，马上要创作出另一部描写北京市新政的戏。不出两个月，三幕话剧剧本《龙须沟》问世了。老舍把他的真情实感和多年来对下层老百姓接触时的情况，都倾注进了这部作品，将这出话剧写得声色饱满。

《龙须沟》的上映，获得了非常大的成功，首都各界争相观看，各种报纸杂志纷纷给予赞扬，毛泽东看了这部话剧后，还特别接见了老舍一家人。这成了新中国创建之初文艺界的一大美谈。1951年底，北京市人民政府还据此公开表彰老舍，授予他"人民艺术家"的称号。而纵观老舍一生，他足以担当起这个称呼，老舍大部分作品，都从北平最底层的老百姓出发，为人民写作，为人民讴歌。

老舍在自己创作作品的同时，也没有忘记背负在他身上的另一个任务——北京市文联主席。他在这个位置上一干就是十几年，连任三届，直到辞世。在老舍看来，文联不仅仅是文艺工作者互相沟通的地方，它应该发挥更大的作用，那个时代需要的是"新旧的人才团结到一处，经常的交换意见，才会不偏不倚，

老舍故居

共同找出创作民间文艺的道路来"。

可以说，老舍这个文联主席是成功的，而且是有声有色的成功。在他的努力下，旧相声得到改进，很多新的段子的注入，使得这个当时将要被淘汰的曲艺获得了新的生命，走上了健康发展的大道。

老舍还解决了当时许多画家的窘境。时事的转变，使得传统的中国画一时间很难找到符合新形势的表现形式，被冷落。一批画家受到影响，居然生计都要成了问题。老舍了解了情况后，从文联中拿出一部分资金来，帮助画家们建立了一些互动性组织，再多方承接作画任务。直至后来，为了彻底解决这个问题，他会同文艺界许多友人联合上书，经过国家的批准，成

老舍青年时期旧照

功创办了中国画研究会，让他们有了统一的团体可以倚靠，从而挽救了这支艺术之花，让它在百花争艳的园圃中扎根开放。

尽管老舍做了这些工作，也帮助了很多的人，但他从来没有把自己当作"领导"来看，他从不摆架子，与朋友、同事、下属工作人员保持着一种良好的、平等的私人关系。他从不会查看任何人的"档案资料"，也不习惯找人"个别谈话"，而是从尊重对方个性出发，和风细雨、润物细无声地去排解出现的问题。逢年过节，或者到了什么特别的日子，老舍也总要请文联的朋友们来自己家中做客、吃饭，消遣一下。这样的老舍，给大家留下的印象，就像吴祖光说的那样："他那样的真诚、热情、关心人、同情人，他的心真正是金子做的！"

丹柿小院　无限欣喜

当年老舍从美国回到北京，虽然受到了优待，但心中不免还是有些遗憾。那就是和他分别许久的家人。那时候的他，独自住在北京饭店中，不免还是一种找不到家；没有归宿的感觉。在自己的故乡，居然还　　后来，老舍先找到了十多年没见的大姐、二姐、

1946年版《四世同堂》书影

小哥，心里才真正舒服了许多。老舍和这些亲人上次见面还是老母亲80大寿的时候，时光飞逝，都已经是物是人非。好在老舍的哥哥姐姐们在战乱中经过无边的苦难和斗争，还能平安地生活在这个世界上，再等到团聚，在老舍看来，也是一种极大的、甚至是不可以替代的幸福了。

之后不久，胡絜青又千辛万苦带着四个孩子从千里之外的重庆回到北京，让老舍着实高兴了一大段时间。当时政府是可以给他们一大家子人解决住房问题的，周恩来也提出能安排老舍到公有的大宅院去住。

但老舍婉言拒绝了，一方面是因为老舍不愿意给他人增加任何负担，另一方面也是老舍很想有一个自己的家。结婚这么多年，他一直在各地奔波，从济南到青岛，再到汉口、武汉，后来又去了成都、重庆，再后来又出国，不停地转移地方，不停地搬家，家里的四个孩子都不是在一个地方出生的。对于这点，老舍对胡絜青和孩子们非常愧疚。现在生活基本稳定下来了，自己手中又积攒了一些稿费，还是自己买一栋房子住下来更好。

于是，老舍用自己在美国辛辛苦苦挣来的稿费，在东城区的丰盛胡同10号买下了一个小院，老舍自己出生在胡同里，对于胡同有着特殊的感情，虽然这只是一处年久失修的老院落，原本占地面积就不大，又被分割成更小的几个部分，布局也不是特别合理，但老舍的要求真的不是很高，只要和家人能住在一个固定的、有生活气息的地方，他就心满意足了。

乔迁之初，老舍和胡絜青在院子里亲手种植了两株小柿子树，到柿子树成熟结果的时候，他们便开始亲切地称呼这个小院子为"丹柿小院"。之后的16年，老舍一直住在这里，直到去世。这里也是老舍一生中居住得最久的住所。

在此后的日子中，老舍顶舒心的日子，便是在自

089

文学巨匠 京味大师

——人民作家老舍

家小院中过的"写家"日子。他一生喜欢花花草草，1936年老舍在谈到"理想的家庭"时，明确提到，要在院子里栽几棵树，种些花草。以前在他漂泊不定的时候，这样的理想也未能实现，现在他终于可以一偿夙愿了。

老舍养花是有感情的。他把花儿当作自己的孩子般看待。每天按时浇水，用闲暇时间挪挪盆、剪剪枝。做这些的时候，老舍喜悦的心情满满挂在脸上。不长时间，他就把自己的院子变成了一个大花园，海棠、丁香、腊梅、令箭、枸杞等，还有一大缸荷花。而最多的是菊花，最多的时候院子中能有三四百盆，上百个品种。到了秋天，菊花纷纷开放，姹紫嫣红，流香溢彩，犹如菊花展览，引得很多朋友都去他家里参观。当时曾担任中法友好协会会长的贝隆先生曾到过老舍家，他这样描写这个小院落："这是中国首都一间陈旧的小房子，满是花草，屋前一个小花园，开满玫瑰红的大桂花和鲜红的石榴花，其余地方无数菊花和剑兰，正在含苞待放……老舍除此之外，还有一些精致的家具、瓷瓶、木雕像、扇子，以及有空就拿出来鉴赏的古董国画。……他还收集手杖、镀金的球形时钟。在一个景泰蓝瓶子里插着一个苍蝇拍，这是当时一个不离身的物件。桌上一个茶壶，放在有盖的竹织篮子里，篮子本身又有一个棉套。地板铺满瓷砖，白色天花板，浅绿色墙壁，以光管照明，老舍给他的古董一个现代化环境。"

在这样有着浓厚的艺术气息的小院子里，老舍的日常工作也带有了雅致的味道。他一般起床很早，洗漱过后，或者在院子里打一路太极拳，或者到胡同外面溜个圈。简单的早餐过后，八点多就开始他的写作，个把个钟头，老舍就站起来转转，到院子里看看花，到里屋看看小物件，到客厅里看看挂在墙上的画，或者是自己摸一把骨牌，然后再继续。这样的日子，安静到老舍只能听到自己的声音，但也正是在这种安静的氛围中，老舍构思出了他一部又一部的作品。

老舍书画《百花齐放》

文学巨匠 京味大师
——人民作家老舍

　　小院热闹起来的时候，也真是热闹。老舍本就是好客的人，许多朋友都非常喜欢来他这里拜访。尤其是秋天来临，院子里的菊花开得正盛，他的家会变成赏花会举办的最好去处，文人们赏花赏画，品茗品酒，主人与宾客全都惬意极了，赵树理曾扯着嗓子唱他拿手的上党梆子，曹禺酩酊大醉曾滑到桌子底下，不省人事。这一切的一切，都是他们真性情的展现。老舍对他这些朋友也丝毫不吝啬，他总是拿出一些意想不到的好东西来招待朋友。有一次，北京文联的一些同事到家里做客，老舍拿出一大瓶红葡萄酒来招待大家，那时候这是非常难得的稀罕物。原来这瓶酒是外宾送给毛泽东的，毛泽东分了一些给政协的同志们，老舍有幸分得一瓶，却不舍得独自饮用，便借着这个机会，请大家来分享这份荣耀。

　　有的时候，老舍也和朋友们出去下下小馆子，改善改善生活。他是个土生土长的北平人，地面很熟，有人戏称他为"北京土地爷"。哪个地方有什么小馆子，里面有什么好吃的东西，他都知道得很清楚，甚至哪家饭店的厨师是谁，拿手菜是哪一个，他也心知肚明。后来据季羡林回忆，有一次开汉语规范化会议期间，老舍请大家去西四砂锅居吃了一顿白煮肉，同去者还有叶圣陶、吕叔湘、黎锦熙等人。一行几人进了饭店，老舍没有看菜谱，而是把厨师直接叫了过来，大家站在那里聊了一会儿，厨师知道了老舍几人的大致情况，之后便开始依据此大概决定做什么，做多少。结果是，大家对这顿饭非常的满意，而且一丁点儿也没有浪费。

　　就是这样的性情，使得老舍交到了很多的朋友。可以说，他在北京，三教九流、各行各业，都有自己熟悉的人。有一次老舍请一位朋友去东来顺吃饭，本来东来顺离老舍家一点都不远，转过一条街就到了，结果因为街上认识他的人太多，很多人都和他打招呼，

老舍与端木蕻良的信件

有的是街坊邻居，有的是故交老友，甚至还有卖肉的、蹬三轮的、做小买卖的，老舍也一一还礼。就这样，几分钟的路程，居然要走个个把钟头。但是，老舍从不厌烦，他亲切地称呼这些人为他的"模特"，是他笔下作品里的模特。事实也确实是这样的，正是老舍能够如此地深入生活，如此地了解下层老百姓的生活，才能够使得无论是他的小说、还是他的戏剧，都充满了浓厚的平民气息，有了别样的味道。

正红旗下　坚守尊严

50年代中期，老舍敏锐地感受到新时代文艺与过去相比已经发生了一些变化，自己过去的文学观念和写作状态与现实的需要相差甚远。那时候的文艺界，需要的是如何在文学作品中平衡文艺和无产阶级政治的关系。虽然老舍一向擅长写下层老百姓的日常生活，但是却对政治领域并不熟悉。他当时身处北京文联主席的位置上，疑惑比其他同时代的作家更多，却不能和时代潮流相互抗衡。

这时的老舍再一次陷入了苦闷之中。他的自我期许一直是一个作家，这一角色成功与否，是老舍对自己的创作乃至人生价值的重要标尺。他始终认为，"文学是认识生命、解释生命的。无论他们在写什么，他们是给人生一种写照和解释"。只有这样，作家和读者才能真正地把自己放在芸芸众生之间去思考问题，做事情，过人生。

不过现在因为形势的不同，老舍写作中的这种平民情结遇到了麻烦。但作为一个以写作为生命的人，老舍是非常不愿意退出这个领域的。他知道，他需要给自己的创作方向重新定位。他细心研读毛泽东的《在延安文艺座谈会上的讲话》，并写了《毛主席给了我新的文艺生命》一文。在文中，他公开表达了自己的文艺方针上的新选择。他检讨自己，虽然有着二十多年的写作经历，却基本上是以北平小市民和一部分知识分子为读者对象，没有以"小资产阶级正义感"来诉求，更没有用作品为人民指出革命的出路。从今之后，他不会放弃文艺，但要进步，要虚心地接受他人的批评，才能甩掉以前的"旧包袱"。

我们现在无法理解当时老舍到底出于一种怎样的心态，而写出了这篇文章。但是我们可以肯定的是，老舍当时的内心其实是十分矛盾的。因为他自己曾说过，"我平生没写过一篇好的理论文字，因系外行。不过，有时候运动来了，总要写几句，于是总泛泛地说几句，定难深刻，以后希望做到，不会的不勉强写"。

文学巨匠 京味大师

但在同时，他也不停地使出浑身解数来塑造自己写作的新生命。他几乎是每半年就会发表一部新的作品，速度之快让人难以置信，让其他作家都深感难以望其项背，老舍也因此获得了"文艺队伍里的一个劳动模范"的称号。

这一时期，老舍的主要作品大多与当时的国家政策宣传相关联，如话剧剧本《一家代表》，曲剧剧本《柳树井》、歌剧《大家评理》。尤其值得一提的是话剧剧本《春华秋实》，老舍足足用了十个月的时间来创作，是一部紧跟运动的巨作，反映了当时一家铁工厂开展三反五反运动的斗争过程。后来，他又写了《无名高地有了名》《青年突击队》等更具有政治味道的作品。其实，老舍对自己的这些作品并不满意，他说他的"那些话只是话，没有生命的话，没有性格的话。以这种话拼凑成的话剧大概是'话锯'，话是从木头上锯下来的，而后用以锯听众的耳朵"。

如果说这些尝试和失败，带给了老舍无限的困惑。那么一段时间后，他真的以自己的真心真情所创作的《茶馆》的不被认可，才带给了他更大的打击，甚至是浓浓的挫败感。老舍想用"这些小人物是怎么活着和怎么死去的，来说明那些时代的啼笑皆非，形形色色"，故此全剧并没有直接描写阶级斗争，其将整个场景都萎缩在茶馆这个特定的生活空间中，但用心确实是在整个时代。可以说，这是老舍在无数次探索后，希望在创作模式上能有新的突破。《茶馆》在他此前此后写出的许多作品中，创作模式是独树一帜的，它实质上是对于"社会—时政"型创作模式的一次扬弃式的超越，体现出老舍在"历史—文化"型创作模式上具备的超乎常人的艺术潜能。可以毫不夸张地说，《茶馆》是老舍的文学生涯中，一座不可逾越的高峰。

但足以让人叹息的是，如此优秀的作品，在当时并没有得到公允的评价。它刚刚问世不久，就遭遇到一些新的局面，来自很多方面的力量，许多混乱的声音，都要求老舍修改这部作品。在《茶馆》中，老舍投入的心血是难以估量的，他虽然性情温和，外圆内方，但绝对不是一个屈从的人。他拒绝对自己的作品进行修改，宁可让《茶馆》停演，遭遇冷遇。即使是后来，出于需要，国家安排了其他几位文艺工作者对《茶馆》的一些细节和结局作了细微的变动，老舍也一直保持了沉默，新《茶馆》彩排、首演，他没有任何迎合，默默地看，然后走开，一言不发，甚至都没有去后台看看那些老朋友们，谢谢他们。那个爱开玩笑的老舍早已不知所踪。其实，这正是老舍作出的无声

097

文学巨匠·京味大师

——人民作家老舍

的抗争。

在老舍这一时期的作品中，比《茶馆》命运更坎坷的是都没有写完的《正红旗下》。老舍写《正红旗下》的念头已经萌生了很久，他自己是一个标准的满族人，内心深处一直有一种创作出典范满族文学作品的愿望。他想用他的心、他的笔、他的情，为大家展示出北平的风土人情，呈现出最地道、最真实，也是最为丰富的满族民俗文化。

老舍希望能通过各色各样的人物形象来告诉读者，清朝是怎样从"芯儿"里面坏掉的，满人是怎样向着两极分化的，人民是怎样与反动势力抗争的。《正红旗下》虽然只有一个开头，却宛如一幅描绘19世纪末北平满人社会生活的艺术画廊，老舍于民俗世相的精雕细刻间，映衬出时代嬗变关头整个中国社会的风云走势。这时候，老舍的艺术水准已经炉火纯青，他在娓娓道来的许多民俗琐事间举重若轻般的，就为一些大的历史课题作出了完满的答案。

可惜的是，这样一部具有思想和艺术夺目光华的作品，却被当时的一些人所不容许，他们认为《正红旗下》不符合当时的文艺政策，老舍在无奈中，也只好放弃了继续写作。

老舍一生的结束是一个悲剧。在那个时代漩涡中，他的矛盾、他的彷徨，不是他一个人的单独事件，是整个社会的大风貌造成的。而毋庸置疑的是，任何一个人都不可能超越他所处的时代，有绕道而行者，有委屈求全者，可老舍都不是，他为表正自己的清白人格，展示不辱的气节，可以放弃自己的生命。这就是老舍身上最为珍贵的文人风骨。

中华魂·百部爱国故事丛书
提　要

《誓与禁烟相始终——民族英雄林则徐》

　　林则徐严禁鸦片，坚决抵抗西方列强的侵略，坚持维护国家主权和民族利益。他是中国近代历史上第一位睁眼看世界的人，是抗击帝国主义殖民侵略的第一人，是中华民族抵御外侮过程中伟大的民族英雄。

《血洒虎门御敌寇——抗英将军关天培》

　　民族英雄关天培，在第一次鸦片战争中为了抗击英国侵略者的入侵而血洒虎门，为国捐躯，谱写了一曲可歌可泣的英雄赞歌。关天培用他的生命，书写了中国人民反抗外侮的历史。

《威震镇海靖节魂——抗敌英雄裕谦》

　　在第一次鸦片战争期间的众多牺牲者中，有一位官阶最高，他就是两江总督裕谦。裕谦与外国侵略者斗争立场坚定，与国内妥协派、投降派斗争态度坚决。裕谦督战镇海，与英国侵略军浴血奋战，临危不惧，以身报国，浩气长存。

《斩邪留正解民悬——太平天国领袖洪秀全》

　　农民出身的洪秀全，从失意文人到起义领袖，经历了长期的思想演变过程，在外敌入侵、清朝政府腐朽的历史环境之下，顺应时代的潮流，成长为一位非凡的历史英雄人物，建立了与清朝政府相抗衡的农民政权——太平天国。

《仰承汉唐　荟萃中外——近代数学家李善兰》

李善兰是我国19世纪重要的科学家之一，在数学、天文学、力学等方面都有重大建树。他继承了我国古代数学的成就，又以极大的热情传播西方科学文化，"仰承汉唐，荟萃中外"，把自己的一生献给了科学事业。

《严谨治学　勇于探索——近代著名数学家华蘅芳》

华蘅芳，中国近代数学家之一。其精通中国古算学，并熟练掌握西方近代数学，是中国验证抛物线并著书立说的参与者。为了证明"外国有的，中国也能造"而鞠躬尽瘁，在引进西方科学技术、传播科学知识上贡献卓著。

《折冲樽俎护山河——近代著名外交家曾纪泽》

曾纪泽是中国近代史上著名的爱国外交家，在中俄伊犁交涉事件中，他秉承抵抗列强、保卫国家的坚定意志，利用外交手段全力同沙俄抗争，捍卫了国家主权、民族尊严，收回了祖国的领土，在近代中国外交史上留下了光辉的一页。

《甲午海战留英名——民族英雄邓世昌》

邓世昌，北洋水师名将。本书以邓世昌的成长过程为线索，以代表性的历史故事为主要内容，还原真实的历史事件，突出鲜明的人物性格。邓世昌因在中日甲午海战中突出的英雄气概而名垂史册，书写了伟大的爱国主义篇章。

《誓与舰队共存亡——北洋水师提督丁汝昌》

丁汝昌处在清朝政府的腐朽和李鸿章的专断下，难以施展爱国的抱负，壮志未酬，愤恨而终。但丁汝昌为建立近代海军作出的巨大贡献，带领北洋舰队爱国官兵勇抗强敌的英雄事迹，将永远为后代所传颂。

《镇南关上凯歌扬——抗法老英雄冯子材》

1885年中法战争中，年逾古稀的冯子材为抵御外国侵略，勇赴国

难，大败法军于镇南关，并乘胜追击，接连收复文渊、谅山等地，从根本上扭转了中法战争的局面，成为近代民族英雄的杰出代表。

《屡败法军逞英豪——黑旗军将领刘永福》

刘永福是黑旗军的创建者，是农民出身的杰出军事家、政治活动家。在19世纪发生的援越抗法、中法战争中，他率部与帝国主义侵略者进行了殊死的战斗，建立了卓越的功勋，成为我国近代史上著名的民族英雄，为后世所景仰。

《矢志变法强国家——戊戌变法领袖康有为》

康有为是清末民初最有影响力的思想家之一。他领导了中国知识界的启蒙运动，掀起了一场自上而下的政体改革。他最早在中国提出了立宪政体和具体的宪政方案，主张在坚持儒家传统和帝制的前提下，学习西方经验，他的进步思想对近代中国具有深远的影响。

《开民智以报国　普新知而图强——戊戌变法思想家梁启超》

梁启超，中国近代史上著名的政治活动家、启蒙思想家、史学家、文学家，戊戌变法领袖之一。本书以百日维新思想家梁启超的成长过程为线索，以代表性的历史故事为主要内容，还原真实的历史事件，突出鲜明的人物性格。

《我自横刀向天笑——维新志士谭嗣同》

谭嗣同在民族危机的严重时刻，投身改革救中国的洪流。为了带给祖国一个光明的未来，紧要关头，他挺身而出，用自己的鲜血激励后人，把宝贵的生命献给了变法事业。

《睡乡敢遣警世钟——用生命警策国人的陈天华》

陈天华是民主革命的活动家和宣传家。他写的《猛回头》《警世钟》等书，起到了革命启蒙的重大作用。为了激发留日学生的爱国情怀，他不惜投海自杀，演出了近代史上感人至深的一幕，给后人留下了难忘的印象。

《革命军中马前卒——民主斗士邹容》

革命乃"至尊极高，独一无二，伟大绝伦之一目的"；它是"天演之公例，世界之公理，顺乎天而应乎人"的伟大行动。因此，必须"仗义群兴革命军"。他激情高呼："革命独子万岁！中华共和国万岁！"这就是《革命军》的作者，中国近代著名资产阶级革命宣传家邹容。

《休言女子非英物——鉴湖女侠秋瑾》

为民族解放和妇女解放而英勇斗争的秋瑾，冲破封建礼教的思想牢笼，打碎封建精神枷锁，崇仰真理，追求光明，主张共和，坚持男女平等，最终献出了自己年轻的生命。

《血溅校场　杀身成仁——民主斗士徐锡麟》

本书讲述了反清志士徐锡麟弃文从武、投身反清革命事业，最终被清政府杀害的故事。出于对国家的热爱，徐锡麟献出自己的生命，他的事迹将永远激励后人深切缅怀这位民主革命的先驱。

《生可死耳　我志长存——献身民主的禹之谟》

禹之谟，民主革命党人，同盟会会员，近代资产阶级革命家、实业家。1886年，20岁的禹之谟"提三尺剑，挟一卷书"游历四方，研究西方社会政治学说，忧国忧民之心日趋强烈。戊戌变法失败，他丢掉改良幻想，倡革命救亡之说，走上民主革命道路。

《物竞天择　适者生存——资产阶级启蒙思想家严复》

严复是中国近代著名的启蒙思想家、翻译家和教育家。他长期从事教育和翻译事业，为近代中国人才培养和思想启蒙做出了重要贡献，同时他也为中国的翻译事业和中西思想文化交流做出了重要贡献。

《辛亥革命急先锋——资产阶级革命家黄兴》

黄兴，清末民初资产阶级革命家，中华民国开国元勋。黄兴在武昌首义及辛亥革命时期的爱国表现，与孙中山闻名于当时，常被时人以"孙黄"并称。本书以资产阶级革命活动实干家黄兴的成长过程为线索，歌颂了先辈伟大的爱国主义精神。

《矢志革命　百折不回——近代民主革命家廖仲恺》

廖仲恺追随孙中山踏上了创立民国与捍卫共和制的旧民主主义革命

文学巨匠　京味大师

之路；在新民主义革命时期，他为建立、巩固首次国共合作和实施三大政策，英勇奋斗，为国殉职，洒尽了一腔热血。

《将军拔剑南天起——护国英雄蔡锷》

蔡锷是中国近代史上的杰出军事家、爱国者。他的一生短暂而伟大。辛亥革命爆发，他毅然投身于革命洪流之中，领导云南重九起义，对武昌起义积极响应。袁世凯窃国复辟、恢复帝制的阴谋暴露出来以后，他又毅然举起了武装讨袁的旗帜。

《反帝反封建运动——五四青年的爱国故事》

五四运动是一次伟大的反帝反封建的爱国运动；是一个伟大的历史转折点；是中国人民的斗争从挫折走向胜利的一个关节点，它为中国的前进开辟了一条全新的道路，拉开了中国新民主主义革命的序幕。

《思想自由　兼容并包——著名教育家蔡元培》

蔡元培是中国近现代著名的民主革命家和教育家，一生经历风雨，却始终信守爱国和民主的政治理念，致力于废除封建主义的教育制度，奠定了我国新式教育制度的基础，为我国教育、文化、科学事业的发展做出了富有开创性的贡献。

《为国家争光　为民族争气——中国铁路之父詹天佑》

詹天佑是我国最早的杰出铁道工程师，因主持建造京张铁路而闻名中外，被誉为"中国铁路之父"。他为祖国的铁路事业贡献了毕生的精力。本书向读者展示了詹天佑热爱祖国、科技兴国的辉煌人生。

《实业救国　衣被天下——轻工之父张謇》

张謇是爱国实业家、教育家。他年轻时中过状元。过了40岁，开始投身工商实业活动中，他的名言是"富民强国之本在于工"。在南通，创办大生丝厂、银行等各种实业。并将创办实业的大部分所得投入教育。他的观点是，教育和实业一样，也是"富强之大本"。

《心向革命　追求光明——平民将军冯玉祥》

冯玉祥将军"是一位从旧军人转变而成的坚定的民主主义战士"。

抗日战争期间，他辗转各地，用实际行动积极抗战。日本战败投降后，他为了断绝美国的援蒋内战，又在美国四处演说，揭露蒋介石统治之黑暗，痛斥美国阴谋分裂中国的不良行为。

《刑场上的婚礼——革命烈士周文雍　陈铁军》

周文雍是广州起义的主要领导人之一。陈铁军出身于华侨商人家庭，却毅然投身革命洪流。1928年1月，两人接受派遣，回到广州假扮夫妻从事革命斗争，却不幸被捕。临刑前，两位烈士将敌人的枪声当作自己婚礼的礼炮，用生命和爱情谱写出一曲千古绝唱。

《星星之火　可以燎原——井冈山斗争的故事》

1927—1929年，毛泽东、朱德等老一辈革命家，在井冈山创建了农村革命根据地，进行了艰苦卓绝的斗争，建立了新型革命武装，点燃了工农武装革命之火，找到了农村包围城市最后夺取政权的中国革命的正确道路。

《新民学会的主要发起人——中国共产党早期革命家蔡和森》

蔡和森青年时期曾与毛泽东等人一起组织进步团体新民学会，参加五四运动，并在赴法国勤工俭学时研读大量马克思主义著作，回国后以满腔热忱投身革命事业，成为中国共产党早期重要的理论家和宣传家。

《威震黄浦江畔　高奏抗日壮歌——一·二八淞沪抗战》

面对日本侵略者的挑衅，十九路军在蒋光鼐、蔡廷锴的带领下，高举义旗，奋力一搏。一·二八淞沪抗战，是中国军人捍卫军人荣誉和祖国尊严所发出的吼声，谱写了一曲抗击日军侵略的英雄壮歌。

《将军恨不抗日死——慷慨就义的吉鸿昌》

在国难深重的20世纪30年代，吉鸿昌将军因拒绝执行国民党指示，坚决不打内战，被迫携眷出国"考察"。回国后，他加入中国共产党，组织了民众抗日同盟军，英勇打击日本侵略者，后于1934年11月被国民党反动派杀害。

《献身革命　甘于清贫——梅岭忠魂方志敏》

大革命失败后，方志敏凭着"两条半步枪"起家，身经百战，创建了赣东北革命根据地和红十军。本书真实记录了方志敏投身于革命、领导红军和敌人进行艰苦卓绝斗争的经历，歌颂了烈士贫贱不移、威武不屈、献身革命的高尚品质。

《奏响中华最强音——人民音乐家聂耳》

聂耳在他有限的生命中创作了数十首革命歌曲，在抗日救亡运动中，聂耳的这些歌曲产生了广泛深远的影响。他的音乐创作为中国无产阶级革命音乐的发展指明了方向，树立了榜样。

《横眉冷对千夫指——中国文化革命主将鲁迅》

鲁迅不但是伟大的文学家，而且是伟大的思想家和伟大的革命家。在那风雨如晦的黑暗年代里，他以笔为投枪，同一切帝国主义和反动派进行了顽强的战斗，为中国人民树立了一个不朽的丰碑。他是新文化战线上的一面光辉旗帜，是我们伟大民族的灵魂。

《铁流两万五千里——红军长征的故事》

红军长征是人类历史上的一次伟大的壮举。第五次反"围剿"失败后，中国工农红军的三大主力在极端艰难的条件下，突破国民党军队的围追堵截，进行了史无前例的战略大转移，总行程达两万五千里以上。途中发生了许多动人故事，至今令人难以忘怀。

《荣辱不移革命志——创建陕北红军的刘志丹》

刘志丹是杰出的无产阶级革命家、军事家，西北红军和西北革命根据地的主要创始人之一。他一生热爱人民，追求真理，英勇善战，百折不挠，艰苦奋斗，忠心赤胆，为创建红军和革命根据地、为中国人民的解放事业建立了不可磨灭的功勋。

《英名永存北平城——爱国将领佟麟阁　赵登禹》

1937年7月28日，日军向北平郊区发动进攻。第二十九军副军长佟麟阁奉命在南苑率部与日军苦战，腿部受伤，头部被敌机炸伤，壮烈殉国。第一三二师师长赵登禹指挥部队顽强抵抗日军，右臂中弹负伤，仍继续作战。后在转移途中遭日军截击而牺牲。

《八百壮士　四行仓库铸军魂——谢晋元和他的战友们》

八一三抗战，中国军人以血肉之躯揭开全面抗战的帷幕。这是一场血战，是中国军人不屈不挠的英雄诗篇，其中的八百壮士守四行，成为这首英雄颂歌中最动人、最凄美的音符。一曲四行保卫战，铸就了不屈的军魂。

《八女投江　气贯长虹——八位抗联女战士》

抗日战争时期，以冷云为首的东北抗日联军8名女战士，为捍卫民族尊严，面对凶残的日寇，镇定自若，宁死不屈，投江殉国，表现了中华民族同敌人血战到底的英雄气概。她们的光辉形象，激励着千千万万的后来人。

《艰苦抗战　威震敌胆——著名抗日英雄杨靖宇》

杨靖宇将军是我国著名的抗日民族英雄。曾先后担任磐石游击队政治委员、东北抗日联军第一军军长兼政委、抗日联军总司令等职。领导军民对日寇坚持了长达9个年头的艰苦卓绝的斗争，最终以身殉国。

《死也不当亡国奴——镜泊抗日英雄陈翰章》

陈翰章，从1932年8月投笔从戎，直到1940年12月8日为抗击日本侵略者，战死在镜泊湖畔。他在抗日疆场上奋战了九年，他那可歌可泣的英雄事迹将为人们永世传颂。

《名将殉国　气壮山河——抗日将军张自忠》

著名抗日将领、民族英雄张自忠，生于忧患的时代，抱有"宁为百夫长，胜作一书生"的志向，经历过失败与低谷，最终成就了慷慨人生。本书主要以人物活动为主，勾画出一个真正的"民族魂"鲜活的人生，会带给读者振奋的力量。

《宁死不辱战士名——狼牙山五壮士》

1941年日寇在河北易县"扫荡"。为掩护群众和主力部队撤退，五位八路军战士毅然把敌人引上了狼牙山棋盘坨峰顶绝路。弹尽粮绝、无路可退，五位英雄纵身跳下了万丈悬崖，用生命和鲜血谱写出一曲惊天地泣鬼神的壮举。

《太行浩气传千古——抗日名将左权》

左权，中国工农红军和八路军高级指挥员，著名军事家。是八路军在抗日战场上牺牲的最高指挥员。名将阵亡，太行山为之垂首，全党为之悲痛。周恩来称他"足以为党之模范"，朱德赞誉他是"中国军事界不可多得的人才"。

《虎将兴关外　抗倭统雄师——抗联英雄赵尚志》

本书描写了久经考验的共产党员、东北抗联的创建者和主要领导人赵尚志，在艰苦卓绝的条件下，坚持抗战，威震敌胆，战功卓著，忍辱负重，忠贞不屈，为国捐躯的英雄故事，为青少年读者呈上一部爱国主义的佳作。

《黄埔之英　民族之雄——抗日名将戴安澜》

抗日名将戴安澜，先后参加保定、漕河、台儿庄、武汉、昆仑关等战役，作战英勇，屡建奇功；入缅作战，"扬威国外，藉伸正义"；守东瓜，复棠吉；殒身缅北，遗恨丛林，马革裹尸，成就了光辉的一生。

《爱国志士　民主先锋——新闻出版家邹韬奋》

本书讲述了邹韬奋献身新闻出版事业的奋斗历程，展现了一位新闻工作者坚定的革命信念和炽热的爱国主义精神，全心全意为人民服务、为读者服务的奉献精神，歌颂了他的高尚情操和优良品质。

《为抗战发出怒吼——人民音乐家冼星海》

人民音乐家冼星海，青年时期在巴黎求学，饱尝屈辱与磨难；学成后毅然回到多灾多难的祖国，用满腔热忱谱写激昂的音乐，鼓舞中华儿女的斗志；奔赴延安，谱写出不朽的名作《黄河大合唱》，发出中华民族抗日救亡的怒吼。

《全民皆兵　抗击日寇——抗日战争的故事》

中国人民进行的十四年抗战，是一百多年来中国人民反对外敌入侵第一次取得完全胜利的民族解放战争。这场战争是以国共两党合作为基础，有社会各界、各族人民、各民主党派、抗日团体、社会各阶层爱国人士和海外侨胞广泛参加的全民族抗战。

《捧着一颗心来　不带半根草去——人民教育家陶行知》

陶行知是我国现代教育史上伟大的人民教育家、教育思想家。他从青年起就立志献身教育事业，以"捧着一颗心来，不带半根草去"的赤子之心，为人民的教育事业鞠躬尽瘁。

《为民主与和平拍案而起——民主斗士闻一多》

闻一多早年与梁实秋等人发起成立清华文学社。赴美留学期间由对祖国的深深眷恋而创作著名的《七子之歌》。后在西南联大任教8年，积极投身于抗日运动和争取民主的斗争，发表了著名的《最后一次讲演》。

《铁窗难锁钢铁心——革命先烈王若飞》

王若飞是我党早期杰出的无产阶级革命家。在艰苦卓绝的斗争中，他出生入死，屡建奇功，以超人的睿智和胆略，在敌人的监狱中，同敌人展开了殊死的较量，为抗战的胜利和新中国的诞生做出了卓越的贡献。

《横扫千军　还我河山——抗联名将李兆麟》

李兆麟是东北抗日联军创建人之一，他率领抗日联军历尽千难万险与日本侵略者浴血奋战，在极其艰苦的条件下，保存了抗日联军的有生力量，为东北光复做出了重大贡献。

《锄头开出新天地——解放区大生产运动》

为了解决困难，渡过难关，党中央号召党政军民齐动手，开展大生产运动。中国共产党在其控制区域内发动的一场军队屯田和鼓励生产的群众运动，达到了自己动手丰衣足食，共度难关，既进行革命又进行生产自足的目的。

《生的伟大　死的光荣——女英雄刘胡兰》

刘胡兰，坚贞不屈的少年女英雄。生前对我国劳动人民的解放事业无限忠诚，在敌人威胁面前，大义凛然，毫无惧色，英勇牺牲，表现了共产党员的高贵品质。

《饿死不领美国救济粮——爱国知识分子的楷模朱自清》

朱自清作为爱国知识分子的典型，以锐利的笔锋直言痛斥反动政府的暴行，体现了他崇高的爱国情怀和不畏恶势力的精神品格。毛泽东曾给朱自清先生以高度评价："一身重病，宁可饿死，不领美国的'救济粮'"，"表现了我们民族的英雄气概"。

《为了新中国前进——舍身炸碉堡的董存瑞》

伟大的英雄，中国人民的儿子董存瑞，从儿童团长成长为一名光荣的解放军战士，在1948年解放隆化县城时，舍身炸碉堡，为新中国献出了自己年轻的生命。他的英雄形象永远留在人民心里。

《宁死不屈的共产党员——革命烈士江竹筠》

江竹筠，就是著名的江姐。1947年春，她负责《挺进报》工作，只几个月的时间，报纸就发行到1600多份，引起了敌人的极大恐慌。由于叛徒出卖，江姐不幸被捕，惨遭毒刑的残酷折磨，仍坚贞不屈。最后被特务秘密枪杀，年仅29岁。

《抗美援朝　保家卫国——志愿军的战斗故事》

抗美援朝战争是中国人民志愿军为援助朝鲜人民、保卫祖国安全，与美国为首的"联合国军"发生的战争。在朝鲜牺牲的志愿军烈士们，他们英勇的战斗事迹、保家卫国的精神值得我们发扬光大。

《上甘岭上壮烈歌——黄继光和他的战友们》

在1952年10月的上甘岭战役中，黄继光和他的战友们在零号阵地半山腰被敌机枪火力点压制，此时，黄继光身上已经多处负伤，手雷也已全部用光。为了完成任务，减少战友的伤亡，他用自己的胸膛堵住正在扫射的敌机枪射孔，为反击部队扫清了前进的道路。

《诗书印画　全入神品——国画大师齐白石》

齐白石出身贫寒，做过农活，当过木匠，后改学雕花木工，从民间画工入手，摹古人真迹，学诗文书法，融汇古今，而诗、书、印、画俱佳；他将中国画的精神与时代的精神统一得完美无瑕，使中国画得到国际的重视，无愧于"国画大师"的称号。

《毕生为文化而奋斗——中国第一出版家张元济》

张元济参与、主持和督导商务印书馆近六十年，使其从简单的印刷企业转变为当时中国教育出版的旗帜。张元济一生爱书，在中华大地动荡不安的年代里，他用自己对文化的热爱，续存着中华民族灿烂悠久的文明之光。

《独树一帜　梨园大师——著名京剧表演艺术家梅兰芳》

梅兰芳，京剧大师，演唱风格独树一帜，世称"梅派"。曾先后赴日本、美国、苏联演出，并荣获美国波摩那学院和南加州大学的荣誉文学博士学位。作为一位爱国者，抗战期间蓄须明志，拒绝为日本人演出，为后世称颂。

《华侨旗帜　民族光辉——爱国侨领陈嘉庚》

陈嘉庚是著名的爱国华侨领袖、企业家、教育家、慈善家、社会活动家。他为辛亥革命、民族教育、抗日战争、解放战争、新中国的建设做出了卓越的贡献。生前被毛泽东誉为"华侨旗帜、民族光辉"。

《向雷锋同志学习——伟大的共产主义战士雷锋》

雷锋，一个平凡而伟大的共产主义战士，一心向着党，一生秉承着全心全意为人民服务、无私奉献的崇高思想；发扬刻苦学习和钻研理论的"钉子"精神；坚持勤俭节约、艰苦奋斗的优良作风。毛泽东为其题词："向雷锋同志学习。"

《人民的好公仆——县委书记的好榜样焦裕禄》

焦裕禄，被誉为县委书记的好榜样。他用自己的革命精神，展开了与大自然、与社会落后现象、与病魔的多重抗争，让我们领略到一个共产党人的生之伟大、死之壮美的人格品质和具有现实教育意义的精神魅力。

《文学巨匠　京味大师——人民作家老舍》

老舍是我国现代小说家、文学家、戏剧家。他用融入骨髓的真诚文字反映生活的喜怒哀乐。老舍的一生，总是在忘我地工作，他是文艺界当之无愧的"劳动模范"，生前被北京市人民政府授予"人民艺术家"的称号。

《革命老人——无产阶级教育家徐特立》

徐特立是一代伟人毛泽东的老师。他出生在贫苦家庭，大部分时间生活在动荡艰苦的年代；他刻苦勤奋，不畏艰辛，追求光明，一生勤俭，为革命培养了大量的人才；他对党和人民任劳任怨，鞠躬尽瘁。他坎坷奋斗的一生，留下了许多可歌可泣的故事。

《人生能有几回搏——新中国第一个世界冠军容国团》

容国团先后担任中国乒乓球队运动员、女队主教练。获得1959年男子单打世界冠军；1961年夺得男子团体世界冠军；作为中国女队主教练，1965年率女队第一次夺得女子团体世界冠军。他的"人生能有几回搏"的豪言，举国传诵。

《石油工人一声吼　地球也要抖三抖——铁人王进喜》

王进喜，新中国第一批石油钻探工人。他为祖国石油工业的发展和社会主义建设立下了不朽的功勋，在创造了巨大物质财富的同时，还给我们留下了宝贵的精神财富——铁人精神。他被评为"百年中国十大人物"，写入中华民族的光辉史册。

《做人民需要我做的事——著名地质学家李四光》

李四光是一位伟大的科学家，他一生从事地质学研究工作，足迹遍布祖国的山川，为祖国探明了许多地下宝藏；他创建了崭新的学说——地质力学；他历尽重重困难，为正确认识地质构造开辟了一条新路。

《中国化学工业的先驱——著名化学家侯德榜》

为摆脱纯碱需要进口的窘况，20世纪初，怀着"实业救国"梦想的中国化工先驱侯德榜等人创办了永利碱厂，并立志生产出中国人自己的碱。1926年，永利碱厂终于成功地生产出"红三角"牌纯碱，从此中国制碱业得以跨入世界先进行列。

《毕生求是 一丝不苟——著名科学家竺可桢》

著名科学家竺可桢献身科学研究；治学严谨，一丝不苟；一生廉洁，两袖清风；作风民主，爱护学生。他以爱国之心、报国之志，从一个民主主义者逐渐成长为一个共产主义战士。

《热爱自然的大地之子——著名植物学家蔡希陶》

蔡希陶，五十载风雨，五十载坎坷，五十载奋斗，五十载开拓，为了发现对人类生产、生活有用的植物及新物种的引进而做出巨大贡献，在中国的植物资源学史上将永远镌刻着他的名字。

《高洁无私的襟怀——知识分子的楷模蒋筑英》

蒋筑英是中国当代知识分子的先锋典范，他不为名，不为利，尊重科学；他以坚忍的毅力和顽强的作风，在科学的道路上呕心沥血，鞠躬尽瘁，无私地奉献了青春和生命。

《迎接新生命的天使——卓越的妇产科专家林巧稚》

林巧稚是国内外享有盛誉的妇产科专家。在五十多年的医学教育和临床实践中，林巧稚亲自接生了五万多婴儿，治愈了数千病人，培养了数以百计的专门人才，为我国的妇女儿童事业做出了不可磨灭的贡献。

《独自成千古 悠然寄一丘——国画大师张大千》

张大千是20世纪中国画坛最具传奇色彩的国画大师，无论是绘画、书法、篆刻、诗词无所不通。在艺术界深得敬仰和追捧，艺术家们用真挚的感情，用绘画和雕塑展现了"张大千"多彩的艺术形象。

《建造中国的通天塔——著名数学家华罗庚》

中国当代著名数学家华罗庚，为中国数学的发展做出了无与伦比的贡献，他是中国解析数论、典型群、矩阵几何等多方面研究的创始人与开拓者，也是我国最早将数学理论研究与生产实践紧密结合的科学家。

《问鼎长天　强我国威——两弹元勋邓稼先》

邓稼先是我国著名科学家，参加组织和领导我国核武器的研究、设计工作，从对原子弹、氢弹原理的突破和试验成功及其武器化，到新的核武器的重大原理突破和研制试验，作出了重大贡献。是我国核武器理论研究工作的奠基者之一，被誉为"两弹元勋"。

《敢叫天堑变通途——桥梁专家茅以升》

中国著名的桥梁专家茅以升从小立志为祖国建造桥梁，经过不懈努力，他不仅设计建造了一座座宏伟壮观、坚固实用的道路桥梁，而且搭建了一座座友谊之桥，为祖国建设作出了卓越贡献。

《蘑菇云之梦——核物理学家钱三强》

被誉为"中国原子弹之父"的核物理学家钱三强，更名后立志于科技报国；24岁投师于世界著名核物理学家居里夫妇；与夫人何泽慧合作，发现铀的"三分裂""四分裂"现象；统领我国的原子大军，做了大量创造性工作。

《两离桑梓地　满怀雪域情——领导干部的楷模孔繁森》

孔繁森，是一位一尘不染、两袖清风的好干部。两次进藏工作，历时十载，为西藏的建设、发展和稳定作出了突出的贡献。1994年11月，孔繁森不幸以身殉职。人民群众称他为新时期领导干部的楷模。

《摘取数学皇冠上的明珠——著名数学家陈景润》

陈景润是享誉世界的数学家，为了证明"哥德巴赫猜想"，他以惊人的毅力在数学领域里艰苦跋涉，终于攻克了世界著名数学难题"哥德巴赫猜想"中的"1+2"，创造了中国乃至世界数学史上的辉煌。

《学术独步　饮誉四海——享有国际威望的科学家卢嘉锡》

卢嘉锡是一位在国际科学界享有崇高威望的物理化学家、化学教育家和科技组织领导者。1945年，卢嘉锡满怀"科学救国"的热忱回到祖国，对中国原子簇化学的发展起了重要推动作用，他所指导的新技术晶体材料科学研究，也取得了重大成绩。

《德艺双馨　梨园楷模——著名豫剧表演艺术家常香玉》

常香玉1941年赴陕甘演出。1948年在西安创办香玉剧社。1951年为支援抗美援朝，率剧社巡回西北、中南、华南各地演出，以演出收入捐献"香玉剧社号"战斗机一架，素有"爱国艺人"之誉。

《文学大师　激流勇进——著名作家巴金》

本书以巴金生平和主要事迹为线索，回顾和展示现代著名作家巴金的一生，以期让人们看到巴金在这风云变幻的100多年中，有过成功的欢欣，有过屈辱的磨难，有过痛苦的忏悔，有过平静的安宁。巴金的人生，映照着一代中国五四知识分子坎坷而不平凡的命运。

《壮心系科学　孜孜为国昌——理论化学家唐敖庆》

本书讲述了唐敖庆从出国求学、学业有成、回国任教，到服从安排、艰苦工作、刻苦钻研，最终成为中国量子化学奠基者的过程。让人们看到了这位著名化学家的赤心爱国、严谨治学、大公无私的崇高品格和科研上的卓越成就。

《中国导弹之父——著名科学家钱学森》

当第一颗原子弹升空的时候，当中国的人造卫星奏响《东方红》的时候，当中国运载火箭腾空而起的时候，当中国研制的导弹准确命中目标的时候，人们都会想起他的名字：中国导弹之父钱学森。

《中国近代力学的奠基人——著名科学家钱伟长》

钱伟长曾以中文和历史两个100分的成绩考入清华大学。九一八事变后，钱伟长毅然放弃了文科的学习而转为理科。他是中国近代力学、应用数学的奠基人之一，在固体力学、流体力学以及航空航天领域，取

115

文学巨匠　京味大师

——人民作家老舍

得了卓越的成就，为新中国的现代化建设付出了毕生的精力。

《中国光学科学的奠基人——著名科学家王大珩》

王大珩是我国著名的科学家，中国光学科学的奠基人。他先在清华就读，后赴英国求学，学业有成，立志科学救国，其成就享誉神州。他以科学的求是精神和赤诚的爱国情怀，探索着中国光学发展的闪光之路。